舞动青春

『青春诗会』女诗人手稿集

《诗刊》社／编

时代出版传媒股份有限公司
安徽文艺出版社

图书在版编目（ＣＩＰ）数据

舞动青春："青春诗会"女诗人手稿集/《诗刊》
社编.--合肥：安徽文艺出版社，2022.6
ISBN 978-7-5396-6776-8

Ⅰ.①舞… Ⅱ.①诗… Ⅲ.①诗集－中国－当代
Ⅳ.①I227

中国版本图书馆 CIP 数据核字(2022)第 033312 号

WUDONG QINGCHUN: "QINGCHUN SHIHUI" NÜ SHIREN SHOUGAO JI

出 版 人：姚 巍
责任编辑：宋潇婧　　　　　　　　封面设计：鸿儒文轩
....
出版发行：安徽文艺出版社　　www.awpub.com
地　　址：合肥市翡翠路 1118 号　　邮政编码：230071
营 销 部：(0551)63533889
印　　制：三河市华东印刷有限公司 (010)61594404
....
开本：880×1230　1/32　印张：12.75　字数：320 千字
版次：2022 年 6 月第 1 版
印次：2022 年 6 月第 1 次印刷
定价：88.00 元(精装)
....

当代诗歌的女性谱系

中国作协《诗刊》社主编　李少君

　　王晓笛兄提出在《致青春——"青春诗会"40年》八卷本之外，再编一个女诗人专辑，我立即赞成。因为，在我看来，女性写作正在成为新时代诗歌的一个热点。

　　有一次和一位出版社女编辑聊天时，她问大家有没有注意到，近年的热点话题都与女性有关。我自以为是敏感的人，听后还是暗暗吃惊。确实，回顾一下，从"米兔运动"开始，隔一段时间就会有一个女性话题引起关注，这是因为女性开始主导社会生活议题的新时代到来了吗？

　　英国《卫报》曾发表过一篇评论，题目是《女性是如何征服小说世界的》，界面文化微信号将之直接改为《今天的西方小说已经成为女性的世界？》，评论根据对近年来的各种小说评奖、年度新人小说家名单、畅销小说作者性别比例等大数据进行分析，指出女性已逐渐在小说界占主导地位。评论中更认为："出版界几乎普遍认为目前女性占主导地位的时代是积极的，考虑到持续了6000年左右的男性文化霸权，这既是早该到来的，也是必要的。"

　　不管怎么说，作为一名编辑，我立即觉得推出"青春诗会"女性诗歌专辑恰是时候。

还有一个让我关注的现象，就是女诗人的作品似乎更容易传播，诗歌现象都围绕着女诗人，这和以前不太相同。

2021年中秋节前夕，《诗刊》社和快手联合举办了一个"快来读诗"的诗歌朗诵活动，就是把自己朗诵诗歌的视频发到快手"快来读诗"话题。一石激起千层浪，一个多月时间有数百位诗人和诗歌爱好者、朗诵者参与，投放作品3000多个，总播放量过1.7亿，成为一个现象级的诗歌活动，被媒体广为报道。这个朗诵活动中播放量最高的是俄罗斯女诗人唐曦兰朗诵的北京大学女教授秦立彦的诗作《迎春花》，播放量上百万。我有些好奇，因此重新阅读了一下《迎春花》，一个外国女诗人为什么会选中这首中国当代诗歌，而且播放量如此之高？这一读才发现，这首诗确实有动人之处，写的是雪后雾霾中泥泞地里，迎春花灿烂绽放，"抓住永恒中这属于自己的一瞬"，万千花蕾盛开！这简直就是一个女性的诗歌宣言。女性诗歌的爆发，也许将成为新时代诗歌的一个重要特征。

我自己也开始行动，编了一个北京大学女诗人专辑。之所以如此，是因为两个原因：一是2022年的第三十七届"青春诗会"，有两位北大背景的年轻女诗人杨碧薇和康宇辰入选，而且还有好几位很不错的北大女诗人报名，让我开始认真地阅读北大女诗人们的诗作，发现了相当多的优秀诗作和诗人；二是在我翻看几本北大诗选的时候，发现基本没有什么女诗人作品，在21世纪的今天，这有点不同寻常。正是有了这种对比，我越发觉得应该编一个北大女诗人专辑，先在《诗刊》社微信号推出，接着在《诗刊》以专辑方式呈现。在编完之后，我还和《诗刊》编辑部的同仁开了一个玩笑，说：中国新诗革命是由北大一帮男诗人发起的，也许，中国新诗走向成熟要靠一帮北大女诗人。

我以前说过："青春诗会"之所以影响巨大，是因为对探索和创新的认可、肯定和鼓励。因为青春就代表着求变、创造。或许我们现在也可以换一个角度，在男性主导了文学发展如此漫长岁月之后，在文学变革（更不要说革命）难以为继之后，也许由女性主导会有新的变化与特点。就比如在这里推荐的诗歌当中，比较男性诗歌重观念重机智重极端的特点，女性诗歌更感性，更细腻，也更温和，如林中深流，汩汩不绝，但遭遇岩石旋涡时，会有激变。女性诗歌在当代诗坛清风一般拂过，如生活本身，有时朴素有时华丽，有时温暖有时冰冷，动静皆宜，绵延相续，生命的真实体验更真切，也更自然。

这一切，似乎正在成为一种可能，就如格律诗走到尽头让人看不到出路时，突然就出现了新诗，又有了新的可能。那么，女性诗歌或许也会产生这样的意义。无论是出于主动还是被动，女性诗歌让百年新诗出现了新的可能。

如果说男诗人的诗歌有很多观念性的因素，女诗人的诗歌更重感受性。在朦胧诗中，舒婷的意义不言而喻，代表着对日常生活之美的回归，情感是其中最重要的元素，开启了新的启蒙时代；翟永明探索更幽深的女性经验，她的《女人》组诗是一个旗帜鲜明地张扬性别意识的标识；海男的《精灵就是我自己》等诗歌，堪称女性诗歌的宣言：成为诗人，拥有明亮的时辰，这是女性的觉醒时刻……从她们开始，

3

直至当下的 80 后、90 后，青春诗会的女诗人名单，已经形成了一个当代女性诗歌谱系。

女性诗歌正蔚然成风。从这本诗选里，我们看到书写女人命运的诗歌越来越多：女性成长历史的回顾，对日常平凡生活的热爱和沉浸，对女性内心秘密的细腻探询，对生命苦难的反省和对传统的传承，女性观察和理解世界的独特视角的呈现……女性诗歌的时代性如此强烈，历史感也如此清晰。也许，太需要一种女性诗歌的考古学了，这个，可以从一个好的选本开始。

《舞动青春——"青春诗会"女诗人手稿集》，就是一个恰当的证据和档案资料。

目
录

3

4

海男 《紫色密码》
油画 80cm×100cm

绿浪新舞

才树莲

才树莲(1960~)，女，辽宁义县人。1979年10月处女作组诗《我说真话》在《鸭绿江》杂志发表。1980年参加《诗刊》社第一届"青春诗会"。主要作品有《收割回来》《山乡风情》《绿浪新舞》《赶集》等。诗作先后发表于《人民日报》《诗刊》《人民文学》《鸭绿江》等报刊。

从天边铺来的新绿，
掩住了山村的住屋；
从屋里走出的姑娘，
笑脸在绿浪中起伏。

一队一队，一伍一伍，
前浪把后浪甩脱；
一伍一伍，一队一队，
后浪把前浪追扑！

太可惜了，看不见
整齐轻盈的舞步，
棉花秧子——这舞伴啊，
挡住了她们丰满的胸脯！

左垅，双指在棉花尖上一掐，
右垅，棉花秧一摇表示满足；
一片新绿呀，几朵粉红花朵，
开得那么显眼，那么丰富！

要是这首诗被姐妹们看见，
定要满地里把我追扑：

"你还写诗呢，这么累的活，
谁回家不得捶捶腿、揉揉筋骨！"

那就对了，把我揉成泥，
我也愿意答复：
没有累，
哪有这样美的新舞？

绿浪新舞

才科莲

从天边铺来的新绿，
掩住了山村的住屋；
从屋里走出的姑娘，
笑脸在绿浪中起伏。

一队一队，一伍一伍，
前浪把后浪甩脱；
一伍一伍，一队一队，
后浪把前浪追扑！

方才惜小，看不见
整齐轻盈的舞步，
棉花秧子——这舞伴呵，
挡住了她们丰满的胸脯！

左坡，锄搭在棉花尖上一搁，
右坡，棉花秧一摇表示满足；
一片新绿呀，几朵粉红花朵，
开得那么显眼，那么丰富！

4

要是这首诗被姐妹们看见，
足要满地里把我追扑：
"你还写诗呢，这么累的活，
谁回家不得捶捶腿，揉揉筋骨！"

那就对了，把我揉成泥，
我也愿意答复：
没有累，
哪有这样美的新舞。

日子是什么

梅绍静

梅绍静(1948~)，女，四川广安人。毕业于北京大学中文系 1969 年赴延安地区宜川壶口公社插队务农 1972 年开始发表作品。1980 年参加《诗刊》社第一届"青春诗会"。1985 年加入中国作家协会。著有诗集《兰岭子》《唢呐声声》《女娲的天空》《莫望落叶风天》，散文集《月露之台》《根》《内心的丘陵》等。作品《她就是那个梅》获中国作家协会第三届优秀新诗(诗集)奖，《唢呐声声》获 1984 年陕西省文联开拓奖。

日子是散落着泥土的小蒜和野葱儿
是一根根蘸着水搓好的麻绳

日子是四千个沉寂的黑夜
是驴驮上木桶中撞击的水声

日子是雨天吱吱响着的杨木门轴
忽明忽暗地转动我疲惫的梦境

日子是一个含在嘴里止渴的青杏儿
是山塬上烈日下背麦人的剪影

日子是那密密的像把伞似的树荫
正从我酸痛的胳膊上爬进地垄

日子是储存着清甜思绪的水罐儿
正倒出汗水和泪水来哽塞我的喉咙

日子为那些扎了羊肚子手巾、赤了脚
站在黄土地里的叶子歌唱……

这升起叹息又融化叹息的日子啊
已灌满碧绿的血汗汁浆！

日子是什么

日子是散落着泥土和野菜儿
是一根根蘸着水搓好的麻绳

日子是四个小说家的黑夜
是驴趴上木桶中檀出的水声

日子是雨天吱吱响着的柏木门轴
忽明忽暗地轻动我疲惫的鼻鼾

日子是一个含在嘴里止渴的青杏儿
是山塘上到日下背麦人的剪影

日子是贮密密的象把伞似的树荫
它从我酸痛的胳膊上爬进忱睡

日子是储存着情甜思绪的水罐儿
它倒出汗水和泪水来喂塞我的喉咙

山风才肯玉米叶子歌唱

山风才肯玉米叶子歌唱！

为那些扎了羊肚子手巾，赤了脚，
站在黄土地里的叶子歌唱……

啊，好似穿了里衣裳的玉米叶子呀，
已灌满碧绿的血汁汁浆！

每一根叶脉都鼓鼓涨涨，
在黄土里闪放翡翠的亮光。

这升起叹息又融化叹息的叶子啊，
还会开花又会结实永无穷尽的矿藏！

　　　　　　　　　……

柳 哨

徐国静

徐国静(1957~),女,1982年毕业于东北师范大学中文系。1980年参加《诗刊》社第一届"青春诗会"。已出版《男人与女人》《生与死》《女人的论语》《女人的季节》《谁是最好的老师》《当孩子遇到钱》等十八部。

嘟……嘟……嘟……
从村头,从溪边,从小巷
嘟……嘟……嘟
一声圆润,一声清脆,一声高亢
啊,柳哨,柳哨
在响,在唱……
房门开了
柳树下一片喧嚷
柔嫩的枝条轻轻摇动
不是风,是小手
一群孩子跑了
柳哨衔在嘴上……

嘟嘟……嘟嘟……
窗子开了
老奶奶手搭凉棚眺望
扯掉窗缝的纸条吧
来擦擦玻璃
扫扫蛛网……

嘟嘟……嘟嘟……
田里的小红马愣着

小伙子猛甩长鞭

一声脆响

犁耙加快了

他笑吟吟地追上……

嘟嘟……嘟嘟……

掠过溪水，穿过草丛，绕过山梁

嘟嘟……嘟嘟……

吹化了冰，吹醒了地，吹开了窗

孩子哪去了？

孩子睡了。

妈妈呢？

妈妈在灯下

——缝补着换季的衣裳……

柳 哨

嘟……嘟……嘟……
从村头，从溪边，从小巷
嘟……嘟……嘟……
一声圆润，一声清脆，一声高亢
啊！柳哨！柳哨
在响，在唱……
房门开了
柳树下一片喧嚷
柔嫩的枝条轻轻摇动
不是风，是小手
一群孩子跑了
柳哨 衔 在嘴上……

嘟嘟……嘟嘟……
窗子开了
老奶奶手搭凉棚眺望
撕撕窗缝的纸条吧
来擦玻璃
拉～出来网……

嘟嘟……嘟嘟……

田野河小红马嘶着

小伙子独自扬着鞭

一声脆响

鞭甩加快了

她笑吟吟地追上……

嘟嘟……嘟嘟……

掠过溪水，穿过草丛，绕过山梁

嘟嘟……嘟嘟……

吹红了水，吹绿了地，吹亮了窗

孩子哪去了？

孩子睡了。

好么呢？

好么在灯下

——缝补着换季的衣裳……

我感到了阳光

王小妮

王小妮(1955~)，女，
1982年毕业于吉林大
学。1980年参加《诗
刊》社第一届"青春
诗会"。曾担任海南大
学人文传播学院教授。
曾做过电影文学编辑，
作品除诗歌外，还涉
及小说、散文、随笔
等。2001年受邀赴德
国讲学。曾获美国安
高诗歌奖。出版诗集
《月光》《落在海里的
雪》、随笔集《上课
记》《上课记2》、小说
《1966年》《方圆四十
里》等三十余部。

沿着长长的走廊
我走下去……

呵，迎面是刺眼的窗子
两面是反光的墙壁
阳光，我
我和阳光站在一起

呵，阳光原来这样强烈
暖得人凝住了脚步
亮得人憋住了呼吸
全宇宙的光都在这里集聚

我不知道还有什么存在
只有我，靠着阳光
站了十秒钟
十秒，有时会长于
一个世纪的四分之一

终于我冲下楼梯
推开门
奔走在春天的阳光里

我感到了阳光

王小妮

沿着长长的走廊
我走下去……

呵,迎面是刺眼的窗子
西面是反光的墙壁
阳光,我
我和阳光贴在一起

呵,阳光原来这样强烈,
暖得人凝住了脚步
亮得人憋住了呼吸
全宇宙的光都在这里集聚

我不知道还有什么存在
只有我,靠着阳光
站了十秒钟
十秒,有时会长于
一个世纪的四分之一

终于我冲下楼梯
推开门
奔走在春天的阳光里

1980年4月 长春

瓶中船

筱 敏

筱敏（1955～ ），女，现居广州。作家。1982年参加《诗刊》社第二届"青春诗会"。著有诗集《米色花》《瓶中船》，长篇小说《幸存者手记》，散文集《风中行走》《阳光碎片》《成年礼》《捕蝶者》《涉过忘川》《灰烬与记忆》等十余种。

鼓着风帆，很美
如你一遍遍拟就的
　　　　航海宣言

惊涛轰鸣
海岸线迁徙
地球的经纬线恢恢如网
却遗落了小小一个
　　　　封闭的空间
许多年……

四面八方都是凹面镜，于是
世界很怪诞
海枯瘦得都病了
太阳很扁
你庆幸并骄傲，你的天地
　　　　十二分的稳定，而且圆满

航道荒芜着。水手的梦
会飞，飘得很远很远

瓶中船

　　　　　　　　　舒婷

鼓着风帆,很美
如你一遍遍抄就的
　　　　　航海宣言

惊涛轰鸣
海岸线远徙
地球的经纬线恢恢如网
却遗落了小小一丁
　　　　　封闭的空间

许多年……

四面八方都是凹面镜,于是
世界很怪诞
海水瘦得都病了
太阳很扁
你依旧举杯骄傲久,你的天地
十二分的稳定,而且圆满

航道荒芜着。水手的梦
会飞,飘得很远很远

　　　　　　　　1985.7.

17

日　暮

马丽华

马丽华(1953~　)，女，出生于山东济南，籍贯江苏邳州。1976年开始发表作品，1984年参加《诗刊》社第四届"青春诗会"。1985年加入中国作家协会。著有诗集《我的太阳》、散文集《追你到高原》《终极风景》《西藏之旅》、长篇纪实散文《藏北游历》《西行阿里》《灵魂像风》(以上三部长篇合集为《走过西藏》)等。多部作品在香港、台湾出版繁体字版，并被译为英、法文出版。曾获西藏珠穆朗玛文艺奖、中华文学基金会庄重文文学奖、第四届老舍文学奖、中宣部"五个一工程"奖。

隔着遥遥的时空之距
凝视
目光交流以宇宙的语义
或许还该唱支送别的歌
请灰天鹅做信使衔上它

金色地融入夕光
或许该实现非分之想了
将那小船驶往黄金的岸
每天经历爱的潮汐
感情也变作大海

悲壮之美
静穆之美
别了，我的太阳
摇动晚霞斑斓的手帕
一路珍重

牧歌唱晚
我叹息心中的宁静
遂关闭心扉步入恒夜的相思

谁耽于幻想而倦于守候
谁就不免错过
夜，只为缄默等待而夜
不再吟咏月光，再不吟咏
那片容易迸裂的薄薄的冰

从未相许的是我的太阳
永不失约的是我的太阳

青春诗会·组诗《我和太阳》这一

系列作

日 暮

隔着遥远的时空之距

凝视

目光交流以宇宙的语义

或许还该唱支送别的歌

让在天鹅般做信使衔走

金色地融入天幕

或许该实现那分之想了

将小船驶向黄金的岸

每一经历着的潮汐

感叹世事作大海

壮观之美

旅程之美

到了，你和太阳
挥动晚霞斑斓的手帕
一路珍重

牧歌暗暗
你以真心和守望
遂关闭心扉寄入暖夜的和岛

诗歌于幻恶而倦于字里
诗就不是诗进
在、只为缄默等待所裁

从未相许的是你和太阳
永不失约的是 你和太阳

1984·3·枝萍
1984·5·北京
2020年7月10日抄于北京

21

海男 《秋天来了》
油画　80cm×100cm

海男 《魔幻》
油画　80cm×100cm

石榴妈

张丽萍

张丽萍(1955~),女,
祖籍湖南祁阳,生于
广西宜州。出版诗集
《南方,女人们》《昨
天的月亮》《广西当代
作家丛书——张丽萍
卷》,纪实文学《在世
纪阳光下》《现代大
禹》,剧本《西江水影》
《龙母的传说》等。曾
获广西首届文艺创作
铜鼓奖、广西剧展优
秀剧本奖、中国戏剧
文学奖剧本奖等奖项。
1984年参加全国青年
作家代表大会和《诗
刊》社第四届"青春
诗会"。

你女儿是石榴花开时生的
所以你有一个花一样的名字
挂在全村人的口上

其实,你早开过花了
现在,是躲在密密的桠枝间
躲在浓浓绿绿的希望里
躲在红红火火的向往中
为充满玲珑秀气的南方乡野
为石磨般旋转着的悠长日子
镀一层痴痴迷迷的芬芳

清晨,山村还在梦里
你就起来了,轻手轻脚
井边,两只木桶吊几声鸡唱
灶门口,划一根火柴
点燃温馨的炊烟
点燃开始流汗的匆忙

南方的天老是多雨
雨丝缠绵而又清凉
你竹叶编织的斗笠

像石榴花一样常常戴在头上
到田野，在山岗
即使会有突然而来的暴雨
你的心却永远晴朗

你喜欢穿深颜色的衣裳
上面缀着你亲手纫成的布扣
（也像石榴花形状）
你总打着赤脚
把宽宽的蓝裤脚挽起
这样方便，到河边洗衣
下水田插秧
你赤脚走到哪里
哪里就生满一片春光

在你默默无闻的劳作里
你的女儿，终于石榴花般开放
她到大学里念书了
（胸前有一朵比石榴花还美的徽章）
望着她闪出那片甘蔗林
你的心里就流出了蜜糖

石榴妈，石榴妈
你自由自在地
走在你开遍石榴花
结满石榴果的村庄

石榴妈

你幺儿是石榴花开时生的
所以你有一个花一样的名字
挂在全村人的口上

其实，你早开过花了
现在，是躲在密密的枝柯间
躲在浓浓绿绿的希望里
躲在红红火火的向往中
为充满珍珠香气的南方乡野
为石磨般碾转着的悠长日子
镀一层甜蜜迷人的芳香

清晨，山村还在梦里
你就起来了，轻手轻脚
井边，两只木桶吊儿声吱唱
灶门口，划一根火柴
点燃温馨的炊烟
点燃开始流汗的日子

南方的天老是多雨
雨丝缠绵而又清凉
你，竹叶编织的斗笠
像石榴花一样常常戴在头上
到田野，在山岗

即使会有突然而来的暴雨
你的心却永远晴朗

你喜欢穿深颜色的衣裳
上面缀着你亲手勾成的布扣
（也像石榴花形状）
你总打着赤脚
把宽宽的蓝裤脚挽起
这样方便，到河边洗衣
　　　下水田插秧
你赤脚走到哪里
哪里就生满一方春光

在你默默无闻的劳作里
你的女儿，终于石榴花般开放
她到大学里念书了
（胸前有一枚比石榴花还美的徽章）
望着她闯过那片甘蕉林
你的心里就盛开了望猹

石榴妈，石榴妈
你自由自在地
走在你开遍石榴花
结满石榴果的村庄

　　　　　张如祥　写于1984北京大羊坊
　　　　　　　改于2020抗疫湿墓岗都

27

高原上的向日葵

张 烨

张烨（1948~ ），女，生于上海。中国作家协会会员，上海大学教授。1965年开始诗歌创作，1982年发表作品，1985年参加《诗刊》社第五届"青春诗会"。已出版六部个人诗集、一部散文集。诗集《鬼男》由爱尔兰脚印出版社翻译出版，本人应邀出席在都柏林举办的首发式。曾参加在奥斯陆举办的"中挪文学研讨会"。部分作品被译成八国文字。入选三百余部诗选集及多种文学性辞典。

你爱这一片辽阔无际的红土地
瞧你挥洒的金色情感
辉煌又漂亮，馨甜
如同婴儿笑唇的乳香

有谁知道你的忧伤呢
鲜红的忧伤流淌在躯茎
沉淀在根须
默默地渗透土壤，高原微微震颤

在你的转盘里嵌满的全都是
灰黄色的小茅屋
旋转，强烈而飞速的节奏
向着太阳旋转着你的痛苦和希望

当阴暗的天空没有一丝阳光
当你嫌一个太阳还太少
你的每一个转盘都变成了太阳
千万头金狮腾云狂舞
高原的天空燃烧得火辣辣的
金红的喧响格外悲壮

你深信每一个茅屋都将是宫殿
从茅屋里走出来的人
个个都是帝王

高原上的向日葵　陳耀華

你爱这一片辽阔无际的红土地

瞧你捧酒的金色情感　辉煌又漂亮、

馨甜如婴儿笑靥的乳香　有谁知道

你以忧伤呢喃　诉说忧伤流淌在躯壳

沉淀在根须　默：地沦红土壤，高原

微微裹颤　去你如轻盈星辉漫向金

都是大黄色小茅屋　旋转、跪到富

飞迸的节奏　向着太阳跳动着你的脸庞
和希望　寺洞暗的天空後有一绿阳光　当
你燃一个太阳　还太少　你的每一个细胞都要成
了太阳　千万头金狮膝云狂舞　豪华的天
空燃烧得火辣辣的　金红的喷泂稀射热壮
你深信每一个茅屋都灯光雪亮　从茅屋
里走去之人　你也热爱着生生

一九五○年八月写于贵州　第五届全（国青春
诗会

二○二○年元月抄

思念，是一只风筝

王汝梅

王汝梅（1962～），女，生于山东诸城。吉林省作家协会会员。1985年参加《诗刊》社第五届"青春诗会"。曾在《诗刊》《星星》《花溪》《诗人》《诗选刊》《诗潮》等十多家刊物上发表作品三百余首。作品入选《中外现当代女诗人诗歌鉴赏辞典》《诗人年鉴》《女诗人诗选》等十多部选本。

窗外飞雪
心底的寂静起了风
暮年的门前
堆积着岁月
只为放飞的鸟儿
守住归程

斜阳淹没在苍茫里
无法照亮暗夜里的梦
许多牵挂
在思念的翅膀上
有些沉重

盼，成为生命的常态
山高水远，一别一迎
空城，装不下一朵花的盛开
闹市，留不住一棵树的凋零
唯有岁月的白发
长长地牵着远方的风筝

思念，是一只风筝

王汝梅

窗外飞雪
心底的寂静起了风
蓦然的门扉
维织着岁月
只为放飞的鸢儿
——守住归程

斜阳
　　淹没在苍茫里
无法照亮
　　　　暗夜里的梦
许多牵挂
在思念的翅膀上

有些沉重
呀，成为生命的常态
山高水远
　　一别一还……

空城
　　装不下一朵花的盛开
闹市
　　留不住一棵树的凋零
唯有岁月的白发
飘在岁月深处
长久地牵着
　　一缕亲情

当燕子掠过庭院

远山横卧西阳时
总会想起
　　－探声筝
　　　在远方的身影

我就是瀑布

唐亚平

唐亚平(1962~), 女,
四川通江人。1983年
开始发表作品。1985
年参加《诗刊》社第
五届"青春诗会"。1995
年加入中国作家协
会。著有诗集《荒蛮月亮》
《月亮的表情》《唐亚
平诗集》。编导专题
片《古稀丹青》《山之
魂》《山之灵》《山海
长虹》,均已录制播
出。发表诗歌、小说、
散文、随笔一千余篇
(首)。作品获1984年
贵州省文联优秀作品
奖、1994年庄重文文
学奖等奖项。电视片
撰稿和新闻撰稿曾获
国家广电部、中央电
视台、贵州省等多项
奖项。

我率领山民们化为瀑布挣脱沉重的压抑
在悬崖上铺展液体的狂风张开宇宙的声带
代表整个高原的磅礴
代表群山蕴含的激情和心愿
哭诉高原巨大的沉寂深厚的痛苦
歌唱整个高原的想象和性格

我就是瀑布
在沉睡的梦的边缘截断阴河
变成疯狂的裸女
谁也不敢亲近我谁也不敢占有我
雷霆也不敢逞威狂风也不敢挑逗
云彩也不敢献媚苍鹰也不敢炫耀
我是个悲愤得癫狂的女人
蔑视天空蔑视大海蔑视太阳和月亮
蔑视没有声响的力量和思想
我是高原女人是十万大山慓悍的妻子
我的悲愤是高原的悲愤
我的压抑和痛苦是整个高原的压抑和痛苦
我控诉整个高原沉重的贫瘠和冷落
我歌颂整个高原的崇高和悲壮
然而高原一动不动

以他永恒的稳重和安详

抚慰我变成一条河

在狂暴的闹腾后

静静地躺在幽深的山谷

环抱山的倒影清亮地醒来

我整天整夜地仰望山

直到它们成为魁梧的男子汉

成为苍翠的喀斯特在溶岩的高原上

以固执的爱情盘根错节

穿透石灰岩缝合断层缝合大峡谷

我迫不及待

迫不及待用瀑布的乳汁哺育他们

不容忍一个世纪的犹豫和迟缓

我和红土一样

有情不自禁的创造欲生产欲

我和高原一样

有着崇高的责任和使命

我是高原女人

不容忍一千年失落一个沉闷的姿态

为了高原太阳般完美的高贵和雄伟

敢于放弃一切放弃一切

为了从石头里繁衍森林般健壮的山民

敢于战胜一切战胜一切

我就是瀑布

掉崖开个蕴诉的的
的变

布是张整群坐厚原
瞳的

瀑在风表达深高
沉河

化抑的代代区寂个
在阴

民匹体碍和的唱格
布截

山的浪声磅情大歌
瀑缘

颂重展的的激巨和
就的

宰沉铺宙原的原苦象
我梦

我瞰上字高含高痛想

不有苍个蔑太声是彤是抑压个落崇

也占媚是未有我山愤压压冷的

谁敢献我人蔑没大逃的原诉和原

女也不耀的大蔑思万我个我复个

裸谁也炫狂不如是我愤整的整

的我彩敢颠蔑亮量人子燃是苦重颂

狂近去不得空月力女妻的苦痛沉歌

疯亲也愤天和的原的原痛和原我

成敢我鹰逃永阳响高悍高和抑高

一槌或腾亮地为苍高盈缘待们犹
原的变闹清夜成为的情岩谷及他的
高恒我的影整们成溶爱友峡不音纪
而永麾暴倒天官岩的石国迫哺世
然他抚狂的整到汉在扶遲大计个
以在山我直子特固穿合待乳一
壮详抱男斯以缝及的忍
遊幼安河环来山的嗒节层不布客
和不和条醒望棵的上错断追瀑不
高劲重一右地仰魁翠原根合我用

一连有命运的般般　平空录

土创使昏闷阳切亚诗抄

红的样知不沉太伟一　唐春月

和禁一任个原雄辛　青七

我自原责人一高和放辛年

迟情和高原失为高一　八五二〇年

缓有我崇高年的辛　一九二〇

知样着是千态美放

豫样欲要我一姿完子

一个人要好好地走

胡 鸿

胡鸿（1963~　），女，1985年参加《诗刊》社第五届"青春诗会"。于国内外出版了八本诗文集。《我送孩子读名校》被评为湖北省农家书屋推荐读物。

如果你将离去
我不再挽留
剩下的日子
还得向前走

如果你还回头
泪不必再流
以后的岁月
还得苦苦奋斗

如果已成陌路
好好道声珍重
风里雨里
一个人要好好地走

相思汇成河流
记忆不会带走
人生能相爱一次
也就别无所求

一个人要好好地走

胡鸿

如果你将离去
我不再挽留
剩下的日子
还得向前走

如果你还回头
泪不必再流
以后的岁月
还得苦苦奋斗

如果已成陌路
好好道声珍重
风里雨里
一个人要好好地走

相思汇成河流
记忆不会带走
人生能相爱一次
也就别无所求

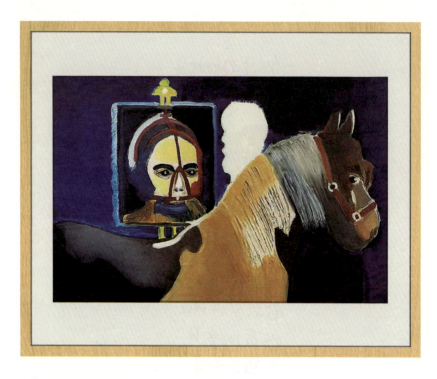

童蔚　《堂吉诃德的终篇》
布面油画　60cm×80cm

童蔚　《独角兽的乐园》
布面综合材料　60cm×80cm

怀念（节选）

华 姿

华姿（1962~），女，1985年参加《诗刊》社第五届"青春诗会"。著有诗集《一切都会成为亲切的怀念》《感激青春》《一只手的低语》，散文随笔集《自洁的洗濯》《两代人的热爱》《花满朝圣路》《赐我甘露》《在爱中学会爱》《万物有灵皆可师》等，传记文学《德兰修女传》《史怀哲传》。曾获屈原文艺奖、冰心图书奖、《长江文艺》散文奖、长江丛刊文学奖。

那一天／你对我说／你总是要走的……
也许人生的路上／注定了要有这么一次相知与相离／注定了要有
这么一片爱的追光恨的潮汐／也许岁月的每棵树每块岩石
都必须经受春夏秋冬的洗礼
然而我想对你说／虽然下过一场雨／虽然雾霭弥漫／
然而越过那片丛林越过那座山／依然看得见南方的岸
我想对你说／从我把手放进你手里的那一刻起／我就不准备抽出

不知你的梦中有没有我
每夜我这样闭上眼睛问着／不知你是否和我说着同样的话／灭掉你的灯
你不要闩紧你的门／我会在午夜如水缘根而入／你的梦境就会因此绿荫匝地

怀 念 （节选）

华姿

那一天／你对我说／你总是要走的…

也许人生的路上／注定了要有这么一次相知与相离／注定了要有

这么一片爱的连光恨的潮汐／也许岁月的每棵树每块岩石／

都必须经受春夏秋冬的洗礼。

然而我想对你说对你说／虽然下过一场雨／虽然雾霭弥漫／

然而越过那片丛林越过那座山／依然看得见南方的峰。

我想对你说／从我把手放进你手里的那一刻起／我就不准备抽出。

不知你的梦中有没有我。

每夜我这样问着闭上眼睛／不知你是否和我说着同样的

话／灭掉你的灯。

你不要栓紧你的门／我会在午夜如水缘根而入／你的梦

境就会因此绿荫匝地。

1985年

47

独 白

翟永明

翟永明（1955~ ），女，
祖籍河南，出生于四
川成都。知识分子写
作诗群代表诗人之一。
1981年开始发表诗
作。1984年完成了大
型组诗《女人》。1986
年参加《诗刊》社第
六届"青春诗会"。作
品曾被翻译成英、德、
日、荷兰等国文字。
1986年出版第一本诗
集《女人》；后陆续出
版诗集《在一切玫瑰
之上》《翟永明诗集》
《黑夜中的素歌》《称之
为一切》《终于使我周
转不灵》。1997年出版
散文集《纸上建筑》、
随笔集《坚韧的破碎
之花》《纽约，纽约以
西》。

我，一个狂想，充满深渊的魅力
偶然被你诞生。泥土和天空
二者合一，你把我叫作女人
并强化了我的身体

我是软得像水的白色羽毛体
你把我捧在手上，我就容纳这个世界
穿着肉体凡胎，在阳光下
我是如此炫目，使你难以置信

我是最温柔最懂事的女人
看穿一切却愿分担一切
渴望一个冬天，一个巨大的黑夜
以心为界，我想握住你的手
但在你的面前，我的姿态就是一种惨败

当你走时，我的痛苦
要把我的心从口中呕出
用爱杀死你，这是谁的禁忌？
太阳为全世界升起！我只为了你
以最仇恨的柔情蜜意贯注你全身
从脚至顶，我有我的方式

一片呼救声，灵魂也能伸出手？
大海作为我的血液，就能把我
高举到落日脚下，有谁记得我？
但我所记得的，绝不仅仅是一生

独　白

程小蓓

我，一个狂想，
充满深渊的魅力
二者合一　你把我当作女人
并强化了我的身体

我是软得像水的白色羽毛体
你把我捧在手上　我就容纳这个世界
穿着肉体凡胎　在阳光下
我是如此眩目　使你难以置信

我是最温柔最懂事的女人
看得一切却愿分担一切
渴望一个冬天　一个巨大的黑夜
以心为界　我想握住你的手
但在你的面前　我的姿态就造一种塌陷

50

当你走时 我的痛苦

要把我的心从口中呕出

用爱杀死你 这是谁的禁忌？

太阳为全世界升起 我只为了你

一片呼救声 灵魂也能伸出手？

大海作为我的血液 共能把我

高举到落日脚下 有谁记得我？

但我所记得的 绝不仅仅是一生

海是从上往下流的

乔 迈

乔迈（1964~ ），女，本名程琳。处女诗作《我们》获"武汉地区青年诗歌大赛"一等奖。1987年参加《诗刊》社第七届"青春诗会"。曾有众多作品结集于《中国当代青年女诗人诗选》《女诗人诗抄》等选本。

你不是初吻。这又怎么呢
远远看去你潇洒
黑烟沸腾。我们走了没有

有一日看见鸡蛋敲开冒出两只雏鸡
想起你来
目光穷尽时发现
海是从上往下流的
蝮蛇和石头随它一同泻下
毕加索又在画女人。他离女人很近
突然找到一个距离。眼睛是女人的
一上一下
我的朋友的结婚照裸在大街上

他说想抒情：对魔鬼或天使
柏拉图从另一个门进来说：哦，错怪你了
我是真正的眩晕：
这季节，血是从下往上流的

海拔从上往下流的

乔迟

你不坐知吻。这又怎么呢
远远看去你潇洒
黑烟沸腾。我们走了没有

有一日看见鸡蛋敲开冒出两只雏鸡
想起你来
目光穷尽时发现
海拔从上往下流的
蝗螂和石头随它一冲而下
毕加索又在画女人。他离女人很近
突然找到一个距离。眼睛些女人的
一上一下
我的朋友的结婚照裸在大街上

他说想抒情。对魔鬼或天使
梵拉图从另一个门进来说：哦，错睡你了
我将真正的睡早。
这季节，血浆从下往上流的

奉神农

李晓梅

李晓梅(1963~)，女，生于南京。现居山东日照和北京。中国作家协会会员，中国电视纪录片学会会员。1981年起，在《诗刊》《人民文学》《星星》《人民日报》《北京文学》《绿风》等报刊上发表文学作品。1987年参加《诗刊》社第七届"青春诗会"。1992年获"全国羊年处女诗集选拔赛"一等奖，1995年出版《李晓梅诗选》。作品先后多次被收入《全国年度诗选》《经典朗诵诗选》《中国当代青年女诗人诗选》《20世纪华文爱情诗大典》《汉诗》等数十种诗歌选本。

神农

我恍然大悟我原来竟然是一服药

或者用药来比喻我的一生

必须把自己严严实实地封好

在人和兽靠近之前

如果无处可藏

必须把自己弄得粉身碎骨

混入足以稀释我的河流

混入足以淹灭我的泥土

当然更多的时候是一点一点掰下我

弄碎我煎熬我　给人治病

你嚼尝过所有的植物

日遇七十二剧毒

醒来还要续尝玉石虫兽

我已拒绝一棵无名的草

让我顶着那么苦的吞咽

那么险的分毫　那么疼的断肠

因为生死攸关而生死与共

药与要与不要

何止七十二剧毒

最毒的是比药还苦的苦苦哀求

最怕的是那些偷药的孩子

舔食糖衣吞下炮弹

割舍乳、血、筋、骨入药

炮制灵仙、豆蔻、当归为药

奈何良药成瘾也是毒药

且药瘾无药能救

健忘无医能治

据说你看见一株叶片相对而生的藤上

花萼在一张一合地翕动

那抢先一步

把叶子放进嘴里的人

知道这断肠草又名钩吻

我看见虎豹的肠子一截一截地断开

就像你看见深渊把高原一层层切开

怒放的花朵在悬崖上烽火般簌簌急摇

那些植物的根系在地下吸吮了什么

那些叶片和花瓣在空中光合了什么

那些倒毙在瘟疫中的无辜说了什么

让你为人间尝出的最后一味药

是断肠

拜神农

李味柏

神农
我怀疑对着我你未竟些是一付药
或者用药来比喻我的一生
必须把自己严严实实地钉牢
在人和兽靠近之前
如果无处可藏
必须把自己等待粉身碎骨
混入足以稀释我的河流
混入足以淹没我的泥土
当结束的时候是一点一点掀下我
弄碎我煎熬我 给人治病

你嘴里尝过所有的植物
日遇七十二剧毒
醒来还尝像云丢石头去尝
我是拒绝一样无名的草
让我顶着那么苦的咽喉
那么险的分毫 那么疼的断肠
同时揣着那泛黄的生死存亡
药与毒与不毒
行止七十二毒
最毒的是把药扶着去的苦苦寻求
最怕的是那些信药的弟子

餘 食糖云杏下焰弹
剖杳乳、血、筋、骨入药
炮制灵仙、豆蔻、当归为药
秦□良药或瘤也是毒药
血药瘤无药能救
休患无医能治

据说但杳见一株叶片相对而生的藤上
花萼在一张一合地翕动
那掐尖一掌
把叶子和进竹篑里的人
知道他断肠草之名吗
我忍心虎豹的剧毒一节一节地断开
然得杳见深渊般高居一度度的开
想起的花朵在崖上掉九脱簌簌意摇
那些植物的根茎在地下吸吮了什么
那些叶片和花丝蕊在空中亢合了什么
那些倒悬在瘟疫中的无辜说了什么
让任务人间会世的救命一味药
是断肠

2019年9月27日

向大海

刘 虹

刘虹（1955~ ），女。中国作协会员。现居深圳。1976年始在海内外报刊上发表作品。迄今发表千余篇作品，出版六部诗集和一部文集。诗集曾获第三届中国女性文学奖、第七届广东省鲁迅文学艺术奖、第三届《深圳青年》文学奖等。1987年参加《诗刊》社第七届"青春诗会"。2009年在北京举办了新书《虹的独唱》发布会及作品研讨会。

面对你，所有不真实的都仿佛存在

夕阳自焚的气息自深渊弥漫
你柔滑的掌上耸动一个粗野的世界
断裂之光劈开一片片跑马场
月亮在我狂欢的发梢备下金鞍
待一声口令，自宇宙之外
倾听你深沉的叹息
像倾听英雄的独白

而我此时，作为一个女人和你对视
这一刻，上苍疏忽了某个传统安排
也许我指尖走漏过
一叶白帆的潇洒
而信念恪守于高高把位
淌低音弦上你嘶吼的男性血
和你礁渚郁结的深重苦难
这使我顿感卑微
从此缄口，静如一条偈语

从此我满怀莫名的心酸：不似江河
你没有分支或歧路作为排泄

也不随手涂些沟沟汊汊的调情小令
不企望青苔的传说顾盼于两岸
诱你流连
在深谙世事的掌纹种植绝世孤独
狂蹈于飓风之上又执着于一点：
除朝圣之路你无从挥霍
那因抑郁而勃奋的慓悍之体，但
不苟且
你因此成为精血充盈的男人
成为东方的性征—— 一页补白

我，作为一个女人和你对视
当船舶的犁尖与雷电之鞭轮番
在你肌肤上纵横书写暴虐
当午后阳光扼你声带成史诗的碎片
和那从陌路拥来的惯于膜拜的面孔
都被你一次性曝光——
以不动声色的一瞥
你不羁的自由，是对纤绳的拒绝

于是，我得以从全方位包抄而来
被波涛托举成开花的时辰

渲染葬礼
在我辉煌的伤口敷你咸味的体贴
在死亡之上部署切肤之痛的——
爱!

我因而成为最蛮傲的情人
用凋落的泪光踩响格律
横贯多变奏主题，我飘逸如云
又时时为你雄浑的幽思所注满
驭饕餮之谷抖野性的缰绳
跨越整世纪情感的断层——
我只臣服于你的麾下，以女王临渊的姿态

此刻，我作为一个女人和你对视
有谁知道，你的浩瀚
只是我灵魂的一次宣泄
一行诗的剪影
一句箴言
我们是天生的不肖之徒据守阴阳两极
不忍，却又只能拒绝陆地的挽留
正如你以博大的沉默拒绝人类语言
命运将我封闭为一座礁石
却被你永恒的骚动宣布为另一种浪花：
每一次扑向你，都是向你诀别

那么，把我剥光于你容纳的目光吧
在晚霞不屑于披露天空的时刻
我恰如裸体的精灵，丰腴的美人鱼
以细润小手把幸福抚得粗糙难辨
曾在嶙峋的浪峰宣誓反抗
又于谷底隐忍了一切——
这是你我共有的高贵，抑或悲哀？

是的，我只能作为一个女人和你对视
当风暴撩起你旺盛的情欲如潮涌来
以岸之臂高扬雄性的招抚
我战栗着，以空前的驯顺卧成
从不爽约的沙滩
把莹洁之躯展开为情书的段落
我青春的线条如月光滑翔
被你细细认读，或是节选。之后
又全部注入我的细节
而你此后将成为痴迷的浪游者
毕生行吟于我繁枝虬结的血管
唯你知道，如果不是这样
将是我一生的——惨败！……

哦，大海！我作为女人和你对视
面对你，所有真实的都不复存在了啊！

《向大海》
刘虹

面对你，所有不真实的都仿佛存在。

夕阳自黄昏的气息自深渊弥漫
你柔滑的掌上舞动一个粗野的世界
断裂之光劈开一片跑马场
月光在浪尖上欢呼又失去着奔下金马安
待一声口令，自宇宙之外
倾听你深沉的叹息
像倾听英雄的独白

而我此时，作为一个女人和你对视
这一刻，上塔琉息了某个传统坐标
也曾经被拍球击满过
一叶白帆如醉酒
而信息路在今高之把住
滴从着弦上你断咽的男性血
和你碰溶那结的深重苦难
这使我顿感卑微
从此缄口，静如一朵僧语

从此我将以莫名的心愿：不似江河
你没有份或收结作为抵押
也不随手摔终阅后又扔的调情小令
不在望青苔的传说硬昨于两岸
诱你流连
至深诸世事的掌纹种植绝世孤独
狂飙于凛冽风之上又执著于一点：
除朝圣之称你无从挥霍
那囚却郁而勃奋的剧烈之律，但
　　不孤独
你因而成了精血充盈的男人
成了东方的煌兀 —— 一页独白

我，作为一个女人和你对视
为船舶的到来与雷电之劳碌
在你肌肤上纵入楷书写幕帘
为午台阳光拥你声谱成逮逮的碎片
和那从屋的结涌来对黄于默拜的两孔
都被你一次煌的曝光 ——
以，不动声色的一瞥
你不羁的自由，是对纤绳的拒绝

于是，我得以从金方住色抄而来
被波涛托举成开拓的时辰
潇洒祭礼
在我卒煌的伤口敷你独味的律贴

在死亡之门部署好防之稿的——
爱!

我因而成为骄傲的情人
团调语的眼光镖啊格律
挥霍多变奏主题，我飘逸如云
又时々扑你怀浮的幽远与迷惘
驭饕餮之谷，拧断理知缰绳
跨越整世纪情感的断层——
我已匍匐于你的麾下，以女王临朝的姿态

此刻，我作为一个女人和以某对视
有些委曲道，你知情吗
只是我要说这是一次冒险
一竹墙的剪影
一句戏言
你们是天生的太肖之徒据守阴阳两极
不忍，却又只能拒绝赋地的挽留
正如他以博大的沉默拒绝人类语言
命运将我封闭于一座礁石
却根你永恒的躁动宣布为另一种浪花
每一次扑向你，那是向你诀别

那么，把我剥光于你容纳的目光吧
至晚霞不厚于披露天空的时刻
我愿如螺律的精灵，丰腴羽美人鱼

64

以细润小手把青丝抚得翻卷着失别年
簟盖小室平中而〈浪峰重整反抗
又子浴柜隐遁了一切——
这是你我共有的高贵，抑或悲哀？

是的，我作为一个女人和你对视
当风暴撩起你心里蓝的情愫如浪涛涌来
以岩之臂高扬为你制造和报抚
我颤栗着，以湿润的驯顺卧成
从不变绿的沙滩住
把荒凉之甲匿埋了我心宽书的股腾
我青春的气息亲如月光搭桥
被你细细地认读，或是节选，之后
又全部注入我的细节
而你比后成为痴迷的浪游客
孪生轮咏于我繁技轧结的血管
惟你你知道，如果不选这择
必掌空我一生的——惨败！……

哦，大海！我作为女人和你对视
面对你，我有真实的那么复存在了啊！

（作于1987年9月13号于北京七届全国青春长诗会•长岛海边）

家比诗重要

程小蓓

程小蓓(1959~　),女,诗人、画家。原职业:医生。现职业:"北京·上苑艺术馆"创始人、艺术总监、艺术策划人。1988年参加《诗刊》社第八届"青春诗会"。出版诗集《一支偷来的笔》《上苑、上上苑》,小说《无奈》《你疯了!》,纪实图书《建筑日记》,摄影集《活路》。

很多年,我不写诗,因为
家——在我心里比诗重要。
我要为这个家努力劳作。

结果我错了,那只是我个人心中的家
我的坚守与寄望成了他人的锁链。
如地狱? 这是一个女人的误差
还是我一个人的悲剧?

它在我的生命里上演了二十年,不断
有人跳出来阻止它演下去。
但我执迷不悟,一个人津津乐道
陶醉其中。我成了这部戏里唯一的角色。

家比诗重要

程小蓓

很多年,我不写诗,因为
家——在我心里比诗更重要.
我要为这个家努力劳作.

结果我错了,那只是我个人心中的家.
我心里坚守与寄望成了他人的链锁.
如地狱。这是一个女人的误差?
陌是我一个人的悲剧?

它在我一生命里上演了二十年,不断
有人路过或去随也它演下去.
仅我执迷不悟,一个人津津乐道
陶醉其中.我成了诗剧时里唯一的角色.

2011

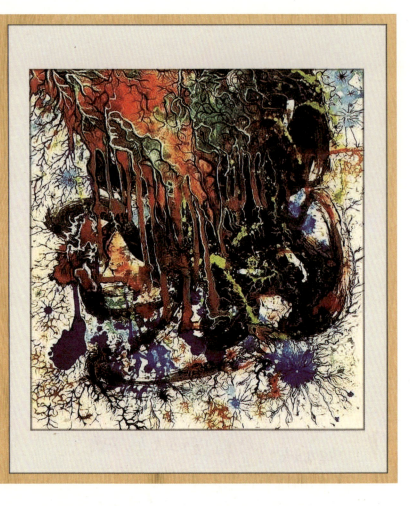

程小蓓 《你的抗争》
油画 77cm×53cm

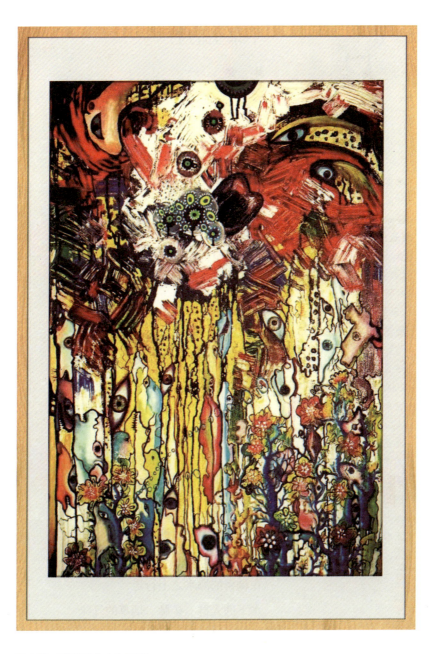

程小蓓 《等待无休止的美丽》

综合材料　60cm×90cm

苹果上的豹

林雪

林雪（1962~ ），女，诗人。辽宁抚顺人。现居沈阳。1988年参加《诗刊》社第八届"青春诗会"。出版诗集《淡蓝色的星》《蓝色钟情》《在诗歌那边》《林雪的诗》等数种。随笔集《深水下的火焰》，诗歌鉴赏集《我还是喜欢爱情》等。2006年获《诗刊》"新世纪十佳青年女诗人"奖。诗集《大地葵花》获第四届鲁迅文学奖。作品获《星星》年度诗人奖、中国出版集团出版奖，本人获中国新诗百年百位最具影响力诗人、十佳当代诗人奖等奖项。

有些独自的想象，能够触及
谁的想象？有些独自的梦
能被谁梦见？一个黑暗的日子
带来一会儿光
舞台上的人物被顶灯照亮
一个悬空的中心套着另一个中心
火苗的影子，掀起一只巨眼

好戏已经开场。进入洞窟的人
睁开眼睛睡眠，在睡眠中生长
从三百年的梦境醒来
和一条狗一起在平台上依次显现
一个点中无限奔逃的事物
裹挟着那匹豹。一匹豹
金属皮上黄而明亮的颜色
形成回环。被红色框住
一匹豹是人的属性之一

在稠密的海水之上行走
水下的人群、矿脉、烟草的气味
这样透明而舒适。一些幽魂
火花飞溅的音乐还在继续

70

我怎样才能读懂那些玫瑰上的字句

一只结霜的苹果，香气无穷无尽

使我在一个梦里醒来

或重新沉入另一次睡眠

这已无关紧要

赞美这些每日常新的死亡

在一个时间里得到一个好运

在另一个时间里得到一个好运

在另一个时刻观看豹

与苹果。香气无穷无尽

苹果上的豹

林雪

有些独自的想象，能够触及
谁的想象？有些独自的梦
能被谁梦见？一个黑暗的日子
带来一会儿光
舞台上的人物被顶灯照亮
一个悬空的中心套着另一个中心
火高的影子，撑起一只巨眼

好戏已经开场。进入洞窟的人
睁开眼睛睡眠，在睡眠中生发
从三万年的梦境醒来
和一条狗一起在平台上依次显现
一个点中无限奔逸的事物
裹挟着那匹豹。一匹豹
金属皮上黄而明亮的斑点
形成圆环。被红色推住
一匹豹是人的属性之一

在稠密的海水之上行走
水下的人群、衣服、烟草的气味
这样透明而舒适。一坐幽魂
大花飞溅的音乐还在继续

我怎样才能读懂那些玫瑰上的字句
一只结霜的苹果，香气无穷无尽
使我在一个梦里醒来
或重新沉入另一次睡眠
这已无关紧要

赞美这些每日崭新的死亡
在一个时间里得到一个好运
在另一个时间里得到一个好运
在另一个时刻欢看着
与年里。香气无穷无尽

疯姑娘

童　蔚

童蔚（1956~　），女，
北京人。1988年参加
《诗刊》社第八届"青
春诗会"。其部分诗
作收入《后朦胧诗选》
《最适合中学生阅读
诗歌年选》《中国当代
女诗人爱情诗选》《当
代先锋诗30年谱系与
典藏》《中国新诗百年
大典》《翼·女性诗歌》
《中国新诗排行榜》等
诗选。出版诗集《马
回转头来》《嗜梦者的
制裁——童蔚诗选》
《脑电波灯塔——童
蔚诗选》等。1992年
参加荷兰鹿特丹国际
诗歌节。一些诗作被
翻译成英文在国外诗
刊上发表。2013年开
始绘画创作，参加过
中韩艺术家画展。

我的疯狗
五岁时闪现
它狂热地扑向一个黄昏
一个蜜橘色的女孩儿

一个黄昏从此飞翔起来
树枝搂抱叶子
和失血的风声相遇

草撕碎褶裙
她和狗亲嘴
学会和冤家和解

一个精灵样的眼睛
一个穿上小兽皮女孩儿的骄傲
目睹五岁中的一天
她向它扑去

疯姑娘

童蔚

我的疯狗
珍时闪烁
它狂热地扑向一个黄昏
一个蜜桔艳丽的女孩儿

黄昏从此飞翔翩跹来
树木拥抱叶子
和尖锐的风声掠过

野草揪碎裙裾
她和狗亲昵
学会和冤家和解

一时晶莹的眼睛
一个穿着小薄绒女孩儿的骄傲
目睹王岁中的一天
她向它扑去

1988

忧伤的黑麋鹿迷了路

海 男

海男（1962~ ），女，原名苏丽华。出生于云南永胜。现为云南师范大学特聘教授。中国当代著名作家，中国女性先锋作家代表人物之一。1988年参加《诗刊》社第八届"青春诗会"。曾获刘丽安诗歌奖、第三届中国女性文学奖、第六届鲁迅文学奖（诗歌奖）等奖项。出版有跨文本作品《男人传》《女人传》《身体传》《爱情传》等，长篇小说《花纹》《夜生活》《马帮城》《私生活》，散文集《空中花园》《我的魔法之旅》《请男人干杯》等，诗歌集《唇色》《虚构的玫瑰》《是什么在背后》以及四卷本《海男文集》。

那只忧伤的黑麋鹿迷了路
它们在翻拂的云雾中猜测着
溪水的去处；它们在雷雨来临之前
仰着头猜测着人世间最遥远莫测的距离

这是被丝丝缕缕的历史割舍过的痕迹
它们是一段符号，源于一只蜂群的深穴
那只最忧伤的黑麋鹿因为迷了路
在暗夜处，它孤单的皮毛如同暗箱一起一伏

忧伤的黑麋鹿在旷野迷了路
它在荆棘的微光中趴下，吮吸着
溪水中的青苔，然后倒地而眠
宛如用战栗的梦境划分天堂和地狱的距离

黑麋鹿迷了路，亲爱的黑麋鹿迷了路
它们在旷野中躺下去，再辽阔的世界也无
法让它苏醒

忧伤的黑麋鹿迷了路

海男

那只忧伤的黑麋鹿迷了路
它们在翻卷的云雾中猜测着
溪水的去处；它们在雷雨来临之前
仰着头猜测着人世间最遥远莫测的距离

这是被丝丝缕缕的历史割舍过的痕迹
它们是一段符号，源于一只蜂群的深穴
那只最忧伤的黑麋鹿因为迷了路
在暗夜处，它孤单的皮毛如同暗箭一起一伏

忧伤的黑麋鹿在旷野迷了路
它在荆棘的微光中弯下儿下，吮吸着
溪水中的青苔，然后倒地而眠
宛如用战栗的梦境划分天堂和地狱的距离

黑麋鹿迷了路，亲爱的黑麋鹿迷了路
它们在旷野中骑下去再辽阔的世界也无法让它分醒

——摘自2013年诗集《忧伤的黑麋鹿》

雨中的怀念

刘 见

刘见（1961~ ），女，生于青岛，祖籍山东蓬莱。自1982年开始发表作品，曾先后在《诗刊》、香港《大公报》等报刊发表作品百余万字。自1984年起，在中国文联出版公司、光明日报出版社、新华出版社、人民日报出版社、人民出版社、人民教育出版社、中国对外翻译出版公司等出版诗集等作品十余部。1988年参加《诗刊》社第八届"青春诗会"。

灯灭了
千万颗雨珠正在夜色里赶路
雷声隆隆
我多想攥紧您的手

风摇万物
我整个童年的水仙
湿了翅膀的蝴蝶
悬挂在您生命的绝壁上
默默地与我相望
残墙下
一朵回旋着记忆的水花
满含忧伤

外公　在今夜的雨中
我已化作满山遍野滚烫的石头
阻挡您
离我越来越远的脚步

雨中的怀念

刘见

灯灭了
千万颗雨珠正在夜色里赶路
雷声隆隆
我多想攥紧您的手

风摇万物
我整个童年的水仙
退了翅膀的蝴蝶
悬挂在您生命的绝壁上
戏墙下
一朵记忆中的水花
满含忧伤

外公 在今夜的雨中
我已化作满山遍野滚逆的石头
阻挡您
离我越来越远的脚步

贵妃醉酒

刘 季

刘季（1962～ ），女，江苏淮安人。中国作协会员。20世纪80年代开始诗歌创作。诗作刊发在《诗刊》《萌芽》《青春》《星星诗刊》《文学报》等报刊。1991年参加《诗刊》社第九届"青春诗会"。长篇京剧题材小说《清江浦》刊发于《钟山》2004年"新锐女作家专号"。诗作获首届《绿风》诗歌三等奖、第二届长淮诗歌长诗创作奖等奖项。另有诗歌入选《江苏文学五十年·诗歌卷》《扬子江诗刊》《新世纪诗典》等选本。

现在将要穿在谁的身上
这件重工绣品：龙凤呈祥

阴影浓郁的舞台上
粉色和红色的牡丹开出了皱褶
这一刻安静是如此巨大
重木的关门声
此起彼落

整个大唐的心脏
为一粒南方的水果而充盈

在这场盛大的演出中
我们都保持着欢乐
并且克制各自的音量
唯有美人在咆哮：
且自由他

贵妃醉酒

刘季

现在将要穿在谁的身上

这件重工绣品

阴影浓郁的舞台

粉色的牡丹开出了皱褶

这一刻安静如此巨大

重木的关门声　此起彼落

你端坐在一粒南方的水果上
美人咆哮：且自由他

更多的参与塞此的我们
都学会了如何表达欢乐
并控制好各自的音量

2020. 夏.

南方唱给北方的情歌

梅 林

梅林（1968～ ），女，原名陆俏梅，出生于江苏南通如皋，现居苏州。1986年开始发表作品，为20世纪80年代中学生诗人的代表人物。1991年参加《诗刊》社第九届"青春诗会"。

你满腮胡须的北方
冰雪地上迅疾掠过的驭者和烈马
当鹰影晃过你古铜的胸廓
我柔美地站在你粗犷的视野里
脉脉地　望你

喜欢你把我看成操着吴腔越语的女子
总是缠绵绵在三月的经纬上相思　流泪
把三月的雨丝梳成好看的发式挂在背后
把三月的花枝插得满身都是
然后一点船篙高挽裤腿躲进杨柳岸这边
然后滑出多燕子的小巷
溜得远远的望你　让你垂涎
我双眼皮的湖泊
波动着一页一页如岁月摇动的桨声
一阕阕婉婉约约地折叠起来
折叠起一部重感情的地方志
第一页是西施们楚楚动人的捣衣声
第二页是琵琶女浔阳江头的琵琶韵
第三页是白娘子多愁善感的儿化音
那些水墨画风格的水乡棹歌
年年月月在飘在唱呵

飘在穿绿裙的芦荡汉

唱在古装的矮檐下

望你

仰望你的风景线退进悲怆的凉州词

伸出女性柔臂搭二十四桥

望你

戴青蓝风味的斗笠

依七十二长亭望你

等所有的纸鸢都成了北上的鸿雁

等所有的柳絮都成了痴情嘱托

我还会舞一条欢乐的林溪望你

并且扎遍野等待的草人……

南方唱给北方的情歌

梅林

你满腮胡须的北方
冰雪地上迅疾掠过的驭者和烈马
秃鹰影晃过你古铜的胸脯
我柔美地站在你粗犷的视野里
脉脉地　望你

喜欢你把我看成操着吴腔越语的女子
总是缠绵绵在三月的经纬上相思·流泪
把三月的雨丝梳成好看的发式挂在背后
把三月的花枝掐得满身都是
然后一点船篙高绾裤腿躲进杨柳岸这边
然后滑出多燕子的小巷
淘得远远的望你　让你重延
我双眼皮的湖泊
波动着一页一页如岁月拨动的桨声
一阕阕婉婉约约地折叠起来
折叠起一部重感情的地方志

第一页是西施们楚楚动人的捣衣声
第二页是琵琶女浔阳江头的琵琶韵
第三页是白娘子多愁善感的儿化音
那些水墨画风格的水乡棹歌
年年月月在飘在喃呵
飘在穿绿裙的芦苇汉
唱在古镇的雉堞下

望你
仰望你的风景线退进悲怆的凉州词
伸出女性柔臂搭二十四桥
望你
戴青蓝风味的斗笠
依七十二长亭望你
等所有的纸鸢都成了北上的鸿雁
等所有的柳絮都成了痴情嘱托
我还会舞一条欢乐的林溪望你
并且扎遍野等待的草人……

给佩索阿

蓝 蓝

蓝蓝(1967~),女,
原名胡兰兰,祖籍河
南郏县,生于山东烟
台。1992年参加《诗
刊》社第十届"青春
诗会"。出版诗集《含
笑终生》《情歌》《内
心生活》《睡梦睡梦》
《诗篇》《诗人与小树》
《从这里,到这里》《一
切的理由》《凝视》《唱
吧,悲伤》《世界的渡
口》《从缪斯山谷归
来》等。出版英语、
俄语译诗集两部,散
文集六部,童话六部。
编著《童话里的世界》
《给孩子们的100堂诗
歌课》。另著有话剧、
诗剧并公演。作品被
译为十余种文字发表。

读到你的一首诗,
一首写坏的爱情诗
把一首诗写坏:
它那样笨拙　结结巴巴

这似乎是一首杰作的例外标准:
敏感,羞涩
你的爱情比词语更大

惊慌失措的大师把一首诗写坏　一个爱着
的人
忘记了修辞和语法
这似乎是杰出诗人的另一种标准

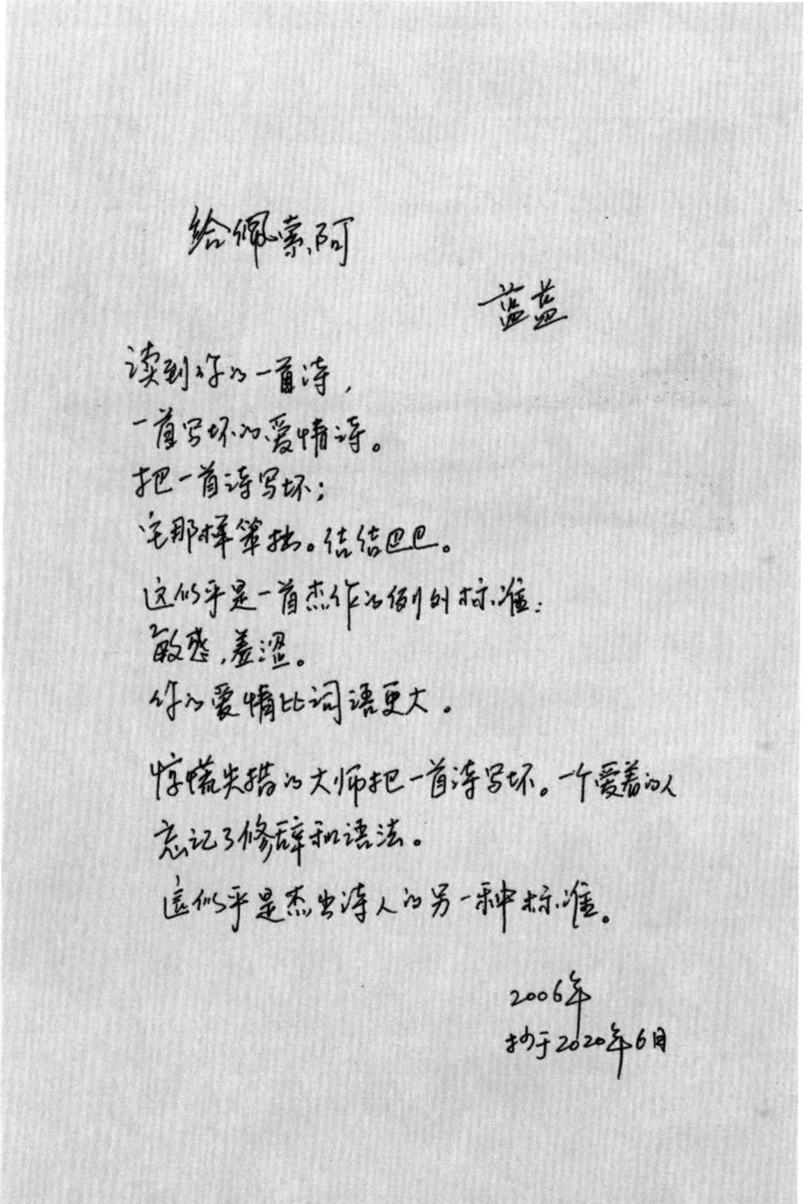

给佩索阿

　　　　蓝蓝

读到你的一首诗，
一首写坏的爱情诗。
把一首诗写坏；
定那样笨拙。结结巴巴。
这似乎是一首杰作的例外标准：
敏感，羞涩。
你的爱情比词语更大。

惊慌失措的大师把一首诗写坏。一个爱着的人
忘记了修辞和语法。
这似乎是杰出诗人的另一种标准。

　　　　　　　　　2006年
　　　　　　　　抄于2020年6月

刘季 《雪景Ⅰ》
布面丙烯　30cm×40cm

刘季　《雪景Ⅱ》
布面丙烯　　30cm×40cm

露天堆场

荣荣

一眼就能看到的那个露天堆场
通常都很寂静　一片开阔地
许多货物被打上戳记
集体堆放
一群患难朋友
那总是些从外表上很难识别的贵重物
曾被放进去的那双手珍惜
现在它们堆置在露天　出奇地安静
偶尔顶一块军用雨布
像一群衣履不整的孤儿
我总在担心　当它们终于回家
是否还完好无损

有一天我曾给你邮寄过一件礼物
我在邮包外打上这几个戳记
"怕湿""向上""小心轻放"
现在你是否能想起并找到
你从没向我提起　我也羞于询问
带着这些提请注意或恳求的符号
她是否已找到一心投奔的温暖
我怕知道她现在的境况
若她挨淋、倒置或被重重地敲打

荣荣（1964~ ），女，原名褚佩荣，出生于宁波。1992年参加《诗刊》社第十届"青春诗会"。出版多部诗集及散文随笔集等，曾获首届徐志摩诗歌节青年诗人奖、新世纪十佳青年女诗人、第五届华文青年诗人奖、第二届中国女性文学奖、2008年《诗刊》年度优秀诗人奖、2010~2011年诗歌月刊》年度实力诗人奖、2013年度《人民文学》诗歌奖、2014年度中国作家出版集团优秀作家贡献奖。诗集《看见》获第四届鲁迅文学奖。

流泪的是我的眼　破碎的是我的心
颠覆的是我曾赖以支撑的梦幻

露天堆场

荣荣

一眼就能看到的那个露天堆场
通常都很寂静 一片开阔地
许多货物被打上"个""门""只"
集体堆放   一群孝顺朋友
那享是些从外表上很难识别的贵重物
曾被认出来的那双手珍惜
现在它们被堆置在露天 偶尔
顶一块军用雨布 衣不蔽体
生奇地安静 似有一腔冤屈
我总在担心 当它们终于回家
是否还完好无损

有一天我曾给你寄过一件礼物
我在邮包外打上这几个戳记
"怕湿""向上""小心轻放"
现在你是否能想起并找到
你从没向我提起 我也羞于询问

92

带着这些摸清这走我追求的答了
她是否已找到一个投奔的避风港
我怕知道她现在的境况
若她挨淋　倒是我被重重地敲打
流泪的是我的眼　破碎的是我的心
颠覆的是我曾赖以支撑的梦幻

1992.2.11.

除了海，我没有别的地方可去

叶玉琳

叶玉琳（1967~ ），女，福建霞浦人。中国作家协会会员。福建省作家协会副主席，福建省宁德市文联主席。1993年参加《诗刊》社第十一届"青春诗会"。著有诗集《海边书》等四部，获奖若干。

我好像还有力量对你抒情

如果有人嫉妒

我就用海浪又尖又长的牙对付他

这一片青蓝之水经过发酵变成灼灼之火

在每个夜晚，我贝壳一样爬着

和你重逢。看不见的飓风

在天边画着巨大的圆弧

又从大海的脊背反射出奇景

在有月光的海面

我们的身影会一再被削弱

仿佛大海的遗迹

所幸船坞不曾停止金色的歌唱

我也有一条细弦独自起舞

你知道在海里

人们总爱拿颠簸当借口

搁浅于风暴和被摧毁的岛屿

可一个死死抓住铁锚

不肯低头服输的人

海也不知道拿他怎么办

那些曾经被春风掩埋的

就要在大海里重生

现在我只想让我的脚步再慢一些
像曙光中的蓝马在海里散步
我移动，心里紧贴着细沙
装满狂浪和激流
也捂紧沸腾和荒芜——

除了海，我没有别的地方可去

除了海，我没有别的地方可去

叶玉琳

我好像还有力量对你抒情
如果有人妒嫉
我就伴同海浪又光又长的乐曲抒他
这一片青蓝之水一经过发酵变成灼灼之火
在每个夜晚，我贝壳一样爬着
和你重逢。看不见的飓风
在天边划着巨大的圆弧
又从大海的脊背反射出奇景
在有月光的海面
我们的身影会一再被削弱
仿佛大海的遗迹
所幸船坞又曾停止金色的歌唱
我也有一条细弦独自起舞

你知道在海里
人们总爱拿灯塔当借口
摧毁于风暴和被撞毁的岛屿
可一个死死抓住铁锚
不肯低头服输的人
海也不知道拿他怎么办
那些曾经被台风掩埋的
就要在大海里重生
现在我只想着让我的脚步再慢一些
像曙光中的蓝马在雾里散步
我移步，心里紧贴着细小的
装满狂浪和激流
也装满沸腾和荒芜 ——

除了海，我没有别的地方可去

黄昏时分

董 雯

董雯（1969~），女，山西忻州人。诗人、编剧。1993年参加《诗刊》社第十一届"青春诗会"。出版诗集两部，在《人民日报》《光明日报》《诗刊》等各大报刊发表诗歌数百首，散文数十篇，论文十余篇。在全国田园诗歌大赛、山西省群星奖、山西省诗歌大赛、全国论文大赛中荣获各种奖项。

青山披上云的白纱
云便笑了
花般乱颤
抖落一地斑驳

窗外的树
累了
倚在墙根不发一语

风也倦了
躲在树梢
静憩

一对小鸟追逐着跑来
说说笑笑
太阳伸出食指
"嘘——"
便悄悄隐去

静静的时刻正值黄昏

黄昏时分

晓雯

青山披上了云的白纱
云便笑了
笑得脸儿红
撒娇一地打滚

窗外的小树
累了
倚在墙根上歇一歇

小鸟倦了
躲在树梢
静息

一对小鸟追逐着跑来
说说笑笑
太阳伸出金指
"嘘——"
便悄悄隐去

静静的时刻正徐徐来临

所有声音都要往低音去

池凌云

池凌云（1966~ ），女，
出生于浙江瑞安。1985
年开始写作，1994年
参加《诗刊》社第十二
届"青春诗会"。著有
诗集《飞奔的雪花》
《光线》(与人合著)《一
个人的对话》《池凌云
诗选》。获《十月》诗
歌奖等多项诗歌奖项。
部分诗作被译成德文、
英文、韩文、俄文等。

日出时，所有声音都要往低音去。
夜的运动把伸出的幼芽压碎，
露珠与泪珠都沉入泥土
一切湮灭没有痕迹。唯有
盲人的眼睑，留在我们脸上
黑墨水熟悉这经历。一种饥饿
和疾病，摸索葛藤如琴弦。
我们的亲人，转过背去喘息
他们什么也没说，他们无法洗净
身边的杂物。黑夜的铁栅
在白天上了锁，没有人被放出去。
没有看得见的冰，附近也没有火山。

所有声音都要放低音去

　　　　　　池凌云

日出时，所有声音都要放低音去.
夜的运动把伸出的幼芽压碎.
露珠与泪珠都沉入泥土
一切湮灭又没有痕迹. 惟有
盲人的眼睑，留在我们脸上
黑暗水融丧这经历. 一种枷锁
和疾病，搜寻葛藤如琴弦.
我们的亲人，封进悄去的郅岛
他们什么也没说，他们无法洗净
身边的杂物. 黑夜的铁栅
在白天上了锁. 没有人被放出去.
没有看得见的冰，附近也没有火山.

　　　　　　　　　　2010. 10. 9

最后的情诗

刘亚丽

刘亚丽(1961~)，女，祖籍陕西横山。20世纪80年代中期开始文学创作，先后在《人民文学》《十月》《作家》《中国文学》《青年文学》《诗刊》《香港文学》《人民日报》等数十种文学报刊发表诗歌、小说、散文随笔五百余首(篇)。1994年参加《诗刊》社第十二届"青春诗会"。出版《生命的情节》《我的情诗》《一地花影》《水晶香片》等数部诗文专辑。诗文先后荣获《人民文学》诗歌大奖、第二届柳青文学奖、"陈香梅女性散文奖"等十余项国家级、省级文学大奖。

你推门而入的身影
比夜色更浓地弥漫
比这瓶静脉盐水
更迅速地浸透
我婉拒一个世界的安慰
只期待你一声低低的问候
我生病的理由就是想
得到你的怜悯

此刻你离我真远
思念比眼眶更疼
比四周的白色更白

你走近我
撩开散乱的头发
抚摸我滚烫的前额
你俯迎下来的时候
我看见你眼睛深处的光芒
从容而镇定地闪烁
这是来苏的气味、药液的滴答声
这是我柔弱无力的身体
它们使爱情在世界面前

无所顾忌地袒露

我越来越灼热
呼吸急促地散乱
不慎打破精美的瓷器
我飘浮、晕眩，屋顶的吊灯在坠落
镜子里形象模糊不清
这是盛夏，玫瑰在高处
水之上是泡沫
歌曲之上是旋律
这是另一种病，无药可救

亲爱的，好好握住我的手
唯有你知道，我多么害怕痊愈如初
唯有你知道，我就想病着，并且
一直病下去

此刻你离我真远
外面干净得剩下一些灰尘
我的身体病成世界上
最后一棵相思树

最后的情诗

刘亚丽

你推门而入的身影
比夜色更浓地弥漫
比这飙静脉垂水
更迅速地浸透
我婉拒一个世界的安慰
只期待你一声俯低地问候
我生病的理由就是想
得到你的怜悯

此刻你离我真远
思念比眼眶更疼
比周围的白色更白

你走近我
撩开散乱的头发
抚摸我滚烫的前额
你俯迎下来的时候
我看见你眼睛深处的光芒
从容而镇定地闪烁
这是来苏的气味、药液的滴答声
这是我柔弱无力的身体
它们使爱情在世界面前
无所顾忌地袒露

104

扑越来灼热
呼吸急促地散乱
不慎打破精美的瓷器
我飘浮、晕眩，屋顶的吊灯在坠落
镜子里形象模糊不清
这是盛夏，玫瑰在高处
水之上是泡沫
歌曲之上是旋律
这是另一种病，无可药救

亲爱的，好好握住我的手
唯有你知道，我多么害怕痊愈如初
唯有你知道，我就想病着，并且
一直病下去

此刻你离我真远
外面干净得剩下一些灰尘
我的身体病成世界上
最后一棵相思树

桃 花

乔 叶

乔叶（1972～ ），女，河南修武人。1995年参加《诗刊》社第十三届"青春诗会"。著有诗集《我突然知道》。现主要从事小说创作和散文创作，出版《最慢的是活着》《认罪书》《拆楼记》《打火机》等作品多部。曾获庄重文文学奖、华语文学传媒大奖、《北京文学》奖、《人民文学》奖以及中国原创小说年度大奖，首届锦绣文学奖等多个文学奖项。2010年中篇小说《最慢的是活着》获首届郁达夫小说奖以及第五届鲁迅文学奖。

窗外是一树桃花
似乎伸手可及
伸手，却不能及

明明是平等的桃花
其实却是不平等的桃花
桃花的高度在二楼
我想亲近她，必须下到一楼

这就是我和春天的距离
这就是我和爱情的距离

桃 花

绿叶

窗外是一树桃花
似乎伸手可及
伸手，却不能及

明明是平等的桃花
其实却是不平等的桃花
桃花的高度在二楼

我想亲近她，
必须下到一楼

这就是我和春之间的距离
这就是我和爱情的距离

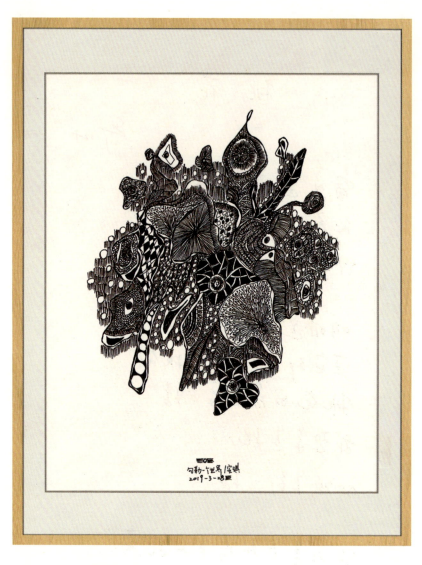

安琪 《勾勒一个世界》

钢笔画 21cm×30cm

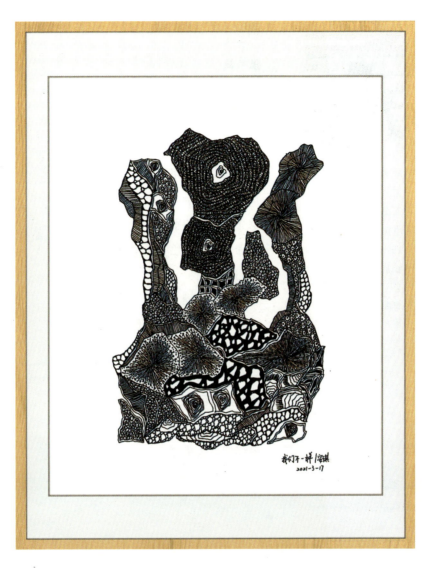

安琪 《我们不一样》
钢笔画 21cm×30cm

蝉

张　战

张战（1963~），女，湖南长沙人。从教于湖南第一师范学院。中国作家协会会员。1995年参加《诗刊》社第十三届"青春诗会"。出版诗集《黑色糖果屋》《陌生人》《写给人类孩子的诗》等。

整个夏天
我感到所有的蝉都在我体内鸣叫
当我在山间小路行走
我迈不动步子
承受不了它的重量
仿佛一颗颗黑色石头聚集体内
它们的鸣叫
又顽强又狂躁
难道我就是紧裹住它们的夏天
丝一样的皮肤
一个巨大的不透明的茧
这些痛苦的昆虫
是否想以声音作为凿子
最终把夏天凿穿

蝉

张战

整个夏天
我感到所有的蝉都在我体内鸣叫
当我在山间小路行走
我迈不动步子
承受不了它的重量
仿佛一颗颗黑色石头聚集体内
它们的鸣叫
又顽强又狂躁
难道我就是紧裹住它们的夏天
丝一样的皮肤
一个巨大的不透明的茧
这些痛苦的昆虫
是否想以声音作为凿子
最终把夏天凿穿

《诗刊》1995年12月
第十三届"青春诗会"

为你独斟这杯月色

胡 玥

胡玥(1964~)，女，中国作家协会会员，现居北京。1984年开始发表诗歌、散文、小说、报告文学等作品。作品散见于《诗刊》《人民日报》《光明日报》《文艺报》《美文》《读者》等报刊。作品被收进多种选集。1995年参加《诗刊》社第十三届"青春诗会"。曾获河北省金牛文学奖、全国十佳女诗人奖、全国报纸副刊好作品奖、《光明日报》《美文》杂志优秀作品奖以及金盾文学奖等奖项。出版的主要作品有"胡玥文集四卷本"(《墨吏》《恐惧》《做局》《惩罚》)、诗集《永远的玫瑰》、散文集《为你独斟这杯月色》及长篇小说、短篇小说集、报告文学集十余部。

我以十指莲心相携的清纯
为你独斟这杯月色

花期错落已如流水的岁月
你肯再握落寞的红尘于千般情缘之上吗
在此邂逅的梦中
或许你真的尚怀一份爱莲的心
或许你能以目光为桥疾挽易逝的岁月
而与我们失之交臂的又岂止是这样简单的
落花与流水

爱在深秋　在初次结伴而行的山中
虽然不老的青山总会有不老的情缘
而佛乐之外我们为爱所祈的愿
恰似水中的萍踪
谁在暗中主宰我们情感的命脉
我们相互间的倾吐
竟像莲池里以身相许的月色抑或是
月色中以心相承印的莲

别以桥的永凝不动的姿势看着我
我多想情感的洪水自山中一瀑而下

夷你为我温厚的土地和宽阔的原野

我的最后一把花魂拌着满畔的泪水将和你

为泥

再极尽一生的美丽和柔情的火焰制我为陶

然后将这悲凉的液体的月色

倾进你手中所握朴素的陶里

以你微观的心

体谅这纯粹的交融

体谅我今生前世所有的悲苦和期待

纵是千古也无法仿制的爱情你一饮而尽吧

在这静如止水的平池的深渊

无人知晓我是在怎样的幸福中

窒息而死

为你独斟这杯月色

胡羽

我以十指莲心相携的清纯
为你独斟这杯月色

花期错落已如流水的岁月
你肯再把落寞的红尘千斤般情缘之上吗
在此邂逅相逢的梦中
或许你真的尚怀一份爱莲的心
或许你能以目光为桥掩饰易逝的岁月
而与我们失之交臂的又岂止是这样简单的
　落花与流水

觉在深秋，在初次结伴而行的山中
虽然不老的青山总会有不老的情缘
而佛乐之外我们为爱所祈的愿
恰似水中的萍踪
谁在暗中主宰我们情感的命脉
我们相互间的倾吐
竟像莲池里以身相许的月色亦或是
　月色中以心相印的莲

别以桥的永凝不动的姿势看着我
我多想情感的洪水自山中一瀑而下
要你为我沉厚的土地和宽阔的原野
我的最后一把花魂拌着满畔的泪水将和你
　为泥
再积尽一生的美丽和柔情的火焰制我为陶
然后就将这悲凉的液体的月色
倾进你手中所握朴素的陶里
以你微观的心
体谅这纯粹的交融
体谅我今生前世所有的悲苦和期待
纵是千古也无法仿制的爱情你一饮而尽吧

在这静如止水的平池的深渊
无人知晓我是在怎样的幸福中
　窒息而死

微 笑

陆 苏

陆苏（1970~ ），女，浙江富阳人。中国作家协会会员。畅销书作家、诗人。1997年参加《诗刊》社第十四届"青春诗会"。已出版作品有《蔷薇诗笺》《苹果之爱》《云亦无心》《重归一朵山花的宁静》《小心轻放的光阴》《小心轻放的光阴2》《把日子过成诗》《向暖而生》等。

还在路上的白雪
说好要来的黄酒
擦得铮亮的银碗

火炉上向暖小跑的铜壶
饭桌上低眉安坐的木筷
门楣上屏住呼吸的高兴
花树上明媚弯腰的春天

这微笑的黄昏
这欢喜的良辰

开窗等雪
点灯等暖

微　笑

还在路上的白雪
说好要来的黄酒
擦得锃亮的银砚

火炉上向暖小跑的铜壶
饭桌上低眉安坐的木筷
门楣上屏住呼吸的高兴
花树上明媚空腔的春天

迎微笑的黄昏
迎欢喜的良辰

开窗等雪
点灯等暖

陆苏

2020.08.08

117

绽 放

代 薇

代薇（1969~ ），女，
祖籍宁波，生于成都，
长在重庆，现居南京。
当代女诗人、专栏作
家、新闻记者。中国
作家协会会员。1997
年参加《诗刊》社第
十四届"青春诗会"。
著有诗集三部，另有
散文随笔若干。曾获
《十月》诗歌奖、漓江
出版社首届年度诗歌
特别推荐奖等。

在山里
看见一棵树
繁花似锦
美得那么偏僻

此刻，你会发现
赞美与掌声
都是因为表演

没有见证的绽放
才是真正的花开

绽放

代薇

在山里
看见一棵树
繁花似锦
美得那么偏僻

此刻、你会发现
赞美与掌声
都是因为表演

没有见证的绽放
才是真正的花开

生 活

娜 夜

我珍爱过你
像小时候珍爱一颗黑糖球
舔一口马上用糖纸包上
再舔一口
舔得越来越慢
包得越来越快
现在　只剩下我和糖纸了
我必须忍住：忧伤

娜夜（1964~　），女，生于辽宁兴城，在西北成长。南京大学中文系毕业。20世纪80年代中期开始诗歌创作。1997年参加《诗刊》社第十四届"青春诗会"。出版诗集《起风了》《睡前书》《个人简历》《神在我们喜欢的事物里》多部。曾获第三届鲁迅文学奖、《人民文学》诗歌奖、《十月》文学奖、天问诗人奖等奖项，获中宣部"四个一批"人才称号。

生活

邹旋

我喜欢你，
像小时候喜欢一颗水果糖味
舔一口
马上用糖纸包上
再舔一口
舔得越来越慢
它化得越来越快
终有一天剩下我和糖纸了
我心很忍住：此情

1997. 7

呼　唤

李　南

李南（1964~　），女，
出生于青海，现居河
北石家庄。1983年开
始写诗。1999年参加
《诗刊》社第十五届
"青春诗会"。出版诗
集《妥协之歌》《小》
等。作品被收入国内
外多种选本。

在一个繁花闪现的早晨，我听见
不远处一个清脆的童声
他喊——"妈妈！"
几个行路的女人，和我一样
微笑着回过头来
她们都认为这声鲜嫩的呼唤
与自己有关

这是青草呼唤春天的时候
孩子，如果你的呼唤没有回答
就把我眼中的灯盏取走
把我心中的温暖也取走

呼 唤

李南

在一个繁花闪现的早晨，我听见
不远处 一个清脆的童声
他喊——"妈妈！"

几个行路的女人，和我一样
微笑着回过头来
她们都认为这声鲜嫩的呼唤
与自己有关。

这是青草呼唤春天的时候
孩子，如果你的呼唤没有回答
就把我眼中的灯盏取走
把我心中的温暖也取走

123

盘腿而坐的少年没有时间概念

歌 兰

歌兰（1966~ ），女，
原名洪兰花，出生于
安徽安庆。1985年开
始诗歌创作。1999年
参加《诗刊》社第十五
届"青春诗会"。2014
年出版诗集《稀薄的
门》。

分往不同颜色的绿皮火车
一节一节擦掉后面一节
静坐的绒毛不可触绒毛
晚秋阳光又很好地复制了他
不要生长，好吗？
……好呀
……好呀
……好呀
也不经历叶绿素甜蜜素偏见四要素
盘腿而坐的绒毛李息霜绒毛
初冬阳光又把他分往不同水域
最好的少年没有时间概念
也没有一点力气
流动的溪也是结冰的溪

盘腿而坐的少年没有时间概念
　　　　　　　　歌兰

分往不同颜色的绿皮火车
一节一节擦掉后面一节
静坐的绒毛不可融绒毛
晚秋阳光又很好地复制了他
不要生长，好吗？
……，好呀
……，好呀
……，好呀
也不经历叶绿素甜蜜素偏见四要素
盘腿而坐的绒毛李怨霜绒毛
初冬阳光又把他分往不同水域
最好的少年没有时间概念
也没有一点力气
流动的溪也是结冰的溪

　　　　　　　　2016.11.18

赵丽华 《白色花》
布面丙烯   70cm×90cm

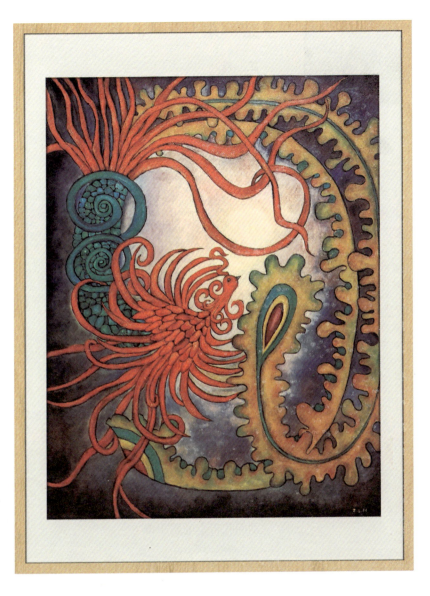

赵丽华 《凤凰》
布面丙烯　100cm×120cm

结 束

芷泠

芷泠（1975~ ），女，
又名止聆。诗人，哲
学博士。现居深圳。
2000年参加《诗刊》社
第十六届"青春诗会"。
曾出版诗集《芷泠诗
选》。诗歌散见于《诗
刊》《诗歌月刊》《诗
选刊》等，入选多种
最佳诗歌选本。

我从我的诗歌中退出，让它
在它的记忆中自由行走

我对大地的幻想已结束
像我的过去，随时被未来终止

凡我站过的地方都变成远方
凡我爱过的人都背对大海

当我移开脚步
世界占去了我原来的位子

拿去吧，我的幼年，亲吻，歌声……
拿去，我的最后一口空气和水

别问我能带走什么
别问我带走的属于谁

我是一小部分一小部分地离去
先是阴影，骄傲，然后是船和梦境

最后是我的上唇和下唇

它们仍坚守着相爱的方式：缄默

凡我说过的话都已经变成了我的身体
或者狮子，或者森林

凡忘记我的事物都急于进入我
于是，我喝黑夜，我喝自己的呼吸

我喝下一整条河流
我继续喝而大海继续干枯

我喝下了时间，它没有路标
它没有出生和死亡，它仍然没有想起我

身后的世界突然为我开门
或者门一直会为我打开。我没有返回

结 束

芷泠

我从我的诗歌中退出，让它
在它的记忆中自由行走

我对大地的幻想已结束
像我的过去，随时被未来终止

凡我站过的地方都变成远方
凡我爱过的人都背对大海

当我移开脚步
世界占去了我原来的位子

拿去吧，我的幼年，亲吻，歌声……
拿去吧，我的最后一口空气和水

别问我能带走什么
别问我带走的属于谁

我是一小部分一小部分地离去
先是阴影，骄傲，然后是船和梦境

最后是我的上唇和下唇
它们仍坚守着相爱的方式：缄默

凡我说过的话都已经变成了我的身体
或者狮子，或者森林

130

凡忘记我的事物都急于进入我
于是，我喝黑夜，我喝自己的呼吸

我喝下一整条河流
我继续喝而大海继续干枯

我喝下了时间，它没有路标.
它没有出生和死亡，它仍然没有想起我

身后的世界突然为我开门
或者门一直会为我打开.我没有返回

2003.7.7

131

福 建

安 琪

安琪（1969~ ），女，本名黄江嫔，生于福建漳州，现居北京。中国作家协会会员。2000年参加《诗刊》社第十六届"青春诗会"。2019年参加第十届《诗刊》社"青春回眸"诗会。独立或合作主编《中间代诗全集》《北漂诗篇》《卧夫诗选》。出版诗集《极地之境》《美学诊所》《万物奔腾》及随笔集《女性主义者笔记》《人间书话》等。曾获《诗刊》社"新世纪十佳青年女诗人"、柔刚诗歌奖、《北京文学》重点优秀作品奖、《诗刊》社中国诗歌网"年度十佳诗人"、《文学港》储吉旺文学奖等奖项。

年轻时我想脱去的故乡
我极力想脱去的故乡，如今还在我身上
并已咬住了我的骨血
我和它曾有的紧张关系
我和它的恩怨，都已被
时间葬送。我悲喜交加
写下：
没有更好的故乡生下我
没有更好的故乡哺育我
也许有
但我已命定属于你
我的第一声啼哭属于你
我的第一次欢笑属于你
我踩出的第一个脚印、写出的第一个汉字
属于你
我爱上的第一个人
我爱上的最后一个人，都属于你

福建

安琪

年轻时我想脱去的故乡
我极力想脱去的故乡, 如今还在我身上
年已咬住了我的骨血
我和它曾有的紧张关系
我和它的恩怨, 都已被
时间葬送。我悲喜交加

写下:
没有更好的故乡生下我
没有更好的故乡哺育我
也许有
但我已命定属于你
我的第一声啼哭属于你
我的第一次欢笑属于你
我踩出的第一个脚印, 写出的第一个汉字
属于你
我爱上的第一个人
我爱上的最后一个人, 都属于你。

2018-10-7. 写
2020-4-29. 抄 于北京不眠居

133

一个人来到田纳西

赵丽华

赵丽华(1964~),女,
出生于河北霸州。中
国作家协会会员。2001
年参加《诗刊》社第
十七届"青春诗会"。
出版诗集《赵丽华诗
选》《我将侧身走过》。
曾在《人民文学》《诗
刊》《诗选刊》等各大
报刊发表大量作品。
作品被收进多个诗歌
选本。曾获河北省文
艺振兴奖、"诗神杯"
全国诗歌大赛一等奖
等奖项。

毫无疑问
我做的馅饼
是全天下
最好吃的

一个人来到田纳西

赵丽华

毫无疑问
我做的馅饼
是全天下
最好吃的

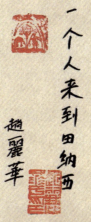

135

秋　声

沈娟蕾（沈木槿）

沈娟蕾(1975~)，女，现名沈木槿，生于浙江桐乡。摄影师。1998年开始写诗，作品散见于各地诗歌报刊。2001年参加《诗刊》社第十七届"青春诗会"。有自编诗文集《在纬度的温差里》(2004)等。

衰草连片低下去，
又直起来。
衰草此起彼伏推涌着，
草叶嚓嚓
似砍头的声音。

像被没收了家产，
像被飓风刮落到了大地上。
赤条条、空荡荡，
无依无傍。
你完全是自己了。

秋 声

衰草连伏低下去.
又直起来.
衰草此起彼伏推涌着.
草叶嚓.
似砥砺出一声音.

像被谁收吸了回去.
像被咝风刮落到了大地上.
赤裸、空荡荡
无依无傍.
你完全是自己.

2017.6.30

沈木槿书于广州

秋日之诗

杜涯

杜涯（1968~　），女，出生于河南许昌，毕业于许昌地区卫校护士专业。2002年参加《诗刊》社第十八届"青春诗会"。出版有诗集《风用它明亮的翅膀》《杜涯诗选》《落日与朝霞》。先后获《诗刊》社"新世纪十佳青年女诗人"称号、刘丽安诗歌奖、《诗探索》年度奖、《扬子江》诗学奖、第七届鲁迅文学奖等奖项。

秋天，山峰向碧蓝的天空里高耸
我似乎听见它温和的问话："你还在
　　那里吗？你是否还记得自己是谁？"

一棵槐树或法桐亮出了黄叶，像词语
一年一次，它用油彩写出印象派诗歌
在缭绕着轻雾的安静原野上

天穹辽阔、寂静，向远处的深邃里漫去
我望着那里，一如往日所有的凝望
我听见自己含泪的声音："你在哪里？"

一生，我都在大地上行走，在夜晚寻找那
　　颗星
当我在许多个晨曦中醒来，霞光照在河岸
　　和树林中
又一次，我在你的庇护中向着未知起行

而今，天空高远、深蓝，像亘古中的每一天
我已得到肯定的回答——一切的群山，群
　　峰上的寂静，一切的朝霞的光芒或忧郁，
　　我们明天相见，重逢

别了，大自然；别了，永恒不变的黄昏处的影像
我多想留在树丛边，仰视你时空里的永在庄严、沉静

不可挽回地，树木的黄叶哗哗地落下
而一阵秋风却从空中带着音律吹过
像谁的安慰之手，轻轻拂过万物的哀愁

秋日之诗

　　　杜涯

秋天，山峰向碧蓝的天空里高耸
我似乎听见它温和的问话："你还在
那里吗？你是否还记得自己是谁？"

一棵槐树或法桐亮出了黄叶，像词语
一年一次，它用油彩写出印象派诗歌
在缭绕着轻雾的安静原野上

天空辽阔、寂静，向远处的深邃里漫去
我望着那里，一如往日所有.凝望
我听见自己含泪的声音："你在哪里？"

一生，我都在大地上行走，在夜晚寻找那颗星

当我在许多个晨曦中醒来,霞光照在河岸和树林中
又一次,我在你庇护中向着未知起行

而今,天空高远、深蓝,像亘古中的每一天
我已得到肯定的回答——一切如群山,群峰上
的寂静,一切如朝霞和光芒或忧郁,我们
　明天相见,重逢

别了,大自然;别了,永恒不变的黄昏处的影像
我多想留在树丛边,仰视你时空里的永在
　庄严、沉静

不可挽留地,树木的黄叶哗哗地落下
而一阵秋风却从空中带着音律吹过
像谁的安慰之手,轻轻拂过万物的哀愁

2016.10.

日落大道

李轻松

从行将消失的时光中转身，从黄金中
提纯。从生活结束的地方
开始活着，并默默地看着日落大道

可以依傍的东西越来越少。虚无的风啊
从我的身体里浪费
浪子一样抽身而去
而我的善良，正无边地损毁着我

一个失语的人，还用什么说话？
我已习惯隐痛，并不急于表达
我只是要把这段时间看到发白。

以及一些坚硬的事物
它们用黄金装饰痛苦
用某种根须来粉饰艺术
用我从未了解的爱，来消解我的命运

我从容地走过，在脚步的鼓点里
燃起最微弱的火。无论声音怎样低下
我都会看到比我更低的生存

李轻松（1964~ ），女，辽宁凌海人，现居沈阳。毕业于中央戏剧学院。20世纪80年代开始文学创作。著有诗集、散文随笔集、长篇小说、童话集等二十余部，多次荣登图书排行榜。2002年参加《诗刊》社第十八届"青春诗会"。荣获第五届华文青年诗人奖等多种奖项。在《南方周末》开设个人专栏《行走与停顿》。另有诗剧、话剧、音乐剧、评剧、京剧、电影、电视剧等戏剧影视作品数种。

日落大道

李好松

从行将消失的时光中抽身，从黄昏中
挣脱。从生活结束的地方
开始活着，若无其事地看着日落大道

风从你的车面越来越强的。露天的风哟！
从我的身体里退紧
混合一样抽身而去
而我的老泪，正无助地损毁着我

一个失语的人，还用什么说话？
我已习惯隐痛，年不急于表达
我只是要把这段时间看到发白。

从一堆坚硬的事物
那们用黄金般的语言命名
用草草托付来装饰艺术
用我从来了解的爱，来消解我的命运

我从青春走过，在脚步的支点中
燃起最后的那一火，无论前方怎样停下
我都合卷到比我更久的字在

灵魂是蓝色的

雨 馨

雨馨(1972～)，女，中国作家协会会员、中国散文学会会员、中国戏剧文学学会会员。现居重庆。2002年参加《诗刊》社第十八届"青春诗会"。鲁迅文学院第十五届高研班学员。曾获台湾第二届薛林怀乡青年诗奖、第七届冰心散文奖、四川散文奖、重庆市文学奖等奖项。曾出版诗集《水中的瓷》，散文集《会呼吸的旅行》《带一颗波西米亚的心去流浪》，手绘童话集《一只爱幻想的羊》，长诗《生长的城》等。

灵魂是蓝色的
是无数小灰尘躲在瓷盘里
一只小盒子上
呼着热气

灵魂是蓝色的
附着在春天的嗅觉里
有时
他们又在树梢刺疼的天空上
这样飘荡

无家可归的人
我只是你们中间
深沉的那枚沙砾
风可以轻而易举
把我们吹远
或带到一朵小小的云彩底下

灵魂是蓝色的

的诗

灵魂是蓝色的
是天蓝的小瓶装着在浴缸里
哼着热气

灵魂是蓝色的
附着在春天的果浆里
有时
他们又在树上捎春的空的天空上
自由飞翔

无家可归的人
我只是你们中间
那放目光深沉的河水
风可以轻而易举
把我们吹走
或带到一朵小小的云彩下

从今往后

路 也

路也(1969~)，女，山东洛南人。现为济南大学文学院教授。2003年参加《诗刊》社第十九届"青春诗会"。已出版诗集、散文随笔集、中短篇小说集、长篇小说和文学评论集等二十余部。获奖若干。现主要从事诗歌和散文的创作，兼及创意写作、中西诗歌比较和编辑出版等方向的研究。

从今往后

守着一盏小灯和一颗心脏

朝向地平线

活下去

从今往后

既不做硬币的正面，也不做它的反面

而是成为另外一枚硬币

从今往后

恺撒的归恺撒，上帝的归上帝

方圆十余里，既无远亲也无近邻

小屋如山谷，回响个人足音

从今往后

东篱下的野菊注定要

活过魏晋

比任何朝代都永恒

从今往后
　　　　　路也

从今往后
守着一盏小灯和一颗心脏
朝向地平线
活下去
从今往后
既不做硬币的正面,也不做它的反面
而是成为另外一枚硬币
从今往后
以悲悯归悲悯,上帝归上帝
方圆十余里,既无这事也无近邻
小屋如山峦,回响个人足音
从今往后
走着下山路而结局注定要
活过结局
如代行职权也罪永垂

2016.11.

147

甘南的星星

沙　戈

沙戈（1966～　），女，回族，河北遵化人。现居甘肃。中国作家协会会员。2003年参加《诗刊》社第十九届"青春诗会"。著有诗集《梦中人》《沙戈诗选》《尘埃里》《夜书》，散文集《开始我们都是新的》。作品刊于《人民文学》《诗刊》《星星》《十月》等刊物。作品入选多部中国年度精选集及各类诗歌选本。有作品翻译到国外。获敦煌文艺奖、黄河文学奖、《诗刊》优秀作品奖等奖项。

这些反光的事物
被夜空磨碎的岩石
黑夜　还揉碎了一颗孤寂的心

我不敢再往深处走了
那些隐藏的闪电
星星与星星炙热的爱
让我却步

我不敢
离水太近
那是岩石流下的泪啊
哗啦哗啦
像要弄疼我的心

我不敢
再看星星的眼睛
那眼神太像牛的　羊的　以及
陡壁上那只蹲着的
鹰的

甘南的星星

沙戈

这些饱尝故事的
被夜空磨砺的岩石
暮铬 还擦亮了一颗孤寂的心

我不敢再缩浅过去了
那些隐藏的闪电
是星星炽热的爱
让我却步

我不敢
离水太近
那是岩石流下的眼泪
哗啦哗啦
像牵牛接我的山

我不敢
再看星星的眼睛
那眼神太像牛的 羊的 以及
陡崖上那些瞪看的
狼的

149

暮晚的河岸

宋晓杰

宋晓杰（1968~ ），女，生于辽宁盘锦。中国作协会员。2003年参加《诗刊》社第十九届"青春诗会"。已出版各类文集二十余部。曾获第二届冰心散文奖、第六届全国散文诗大奖、首届《扬子江》诗刊奖，三次获得辽宁文学奖。儿童文学作品入选"2010年向全国青少年推荐百种优秀图书""2016年全国最美绘本""新浪微博童书榜2016年度十大好书""2019年桂冠童书"和第一届"公众最喜爱的十本生态环境好书"（2020年）。两获"冰心儿童图书奖"（2009年、2016年）。

这河流、这土地，又长了一岁
对于浩荡的过往来说，约等于无
三月，空无一人的河岸
没有摇动的蒿草、旗幡和缠人的音乐
也没有失魂落魄的小冤家要死要活
高架桥郁闷着，怄着气，生着锈
晚霞如失火的战车，轰鸣而下
并不能使冰凉的铁艺椅
留住爱情的余温

这个时候，积雪行至中途
而河滩的土，又深沉了几分
真的，我不能保证
倒退着走，就能回到从前

三月的小阳春，不过是假象
余寒，依然撬得动骨头
空风景干净、清冽，没有念想
如十字路口那一摊尚未燃尽的纸灰
正慢慢降下体温，不知在怀念谁

暮晚的河岸

宋晓杰

这河流、这土地，又老了一岁
对于消失的过往来说，约等于无
三月，空无一人的河岸
没有摇动的蒿草、旗帆和行人的音乐，
也没有失魂落魄的小鬼还要北要活
支架桥都闲着，顶着风，生着锈
喷嚏如失火的战车，轰鸣而下
并不能使冰凉的铁甲挤
留住爱情的余温

这个时候，积雪已约至中途
带污渍的土，又浑浊的几分
真的，我又能保证
倒退着走，能回到从前

三月的小阳春，不过是假象
余寒，依然撬得动骨头
岁风景干瘦、清浅，没有念想
如十字路口那一摊尚未烧尽的纸灰
正慢慢等不住温，不知道在收会谁。

2009年3月16日

宋晓杰 《墨荷》系列之二
设本水墨 80cm×50cm

宋晓杰 《墨荷》系列之三
设本水墨　50cm×80cm

水 边

叶丽隽

叶丽隽(1972~)，女，生于浙江丽水。2004年参加《诗刊》社第二十届"青春诗会"。著有诗集《眺望》《在黑夜里经过万家灯火》《花间错》，在美国出版双语诗集《我的山国》。曾获第二届"中国天水·李杜诗歌奖"新锐奖、《芳草》第四届汉语诗歌双年十佳奖、首届紫金·江苏文学期刊优秀作品奖、《扬子江》诗刊奖、扬子江诗学奖、第十一届丁玲文学奖等。

大雁低低地
擦过我们的头顶。黄昏也低低地
推过来白色的波涛
　"变是唯一的不变"。在水边
除却了身上，所有的衣物
我们是闪亮的白银，即将升起
的月光，星辰
是水，回到了水

水边　　　叶丽隽

大雁低低地
掠过我们的头顶。黄昏也低低地
推进来 白色的波涛
"变是唯一的不变"。在水边
除却了身上，还有的衣饰
我们是闪亮的白银，即将升起
　　的月光，星辰
是水，回到了水

玻璃器皿

阿 毛

阿毛（1967～），女，湖北仙桃人。作品有诗集《我的时光俪歌》《变奏》《阿毛诗选》，散文集《影像的火车》《石头的激情》《苹果的法则》，长篇小说《谁带我回家》《在爱中永生》及阿毛文集四卷本（《玻璃器皿》《看这里》《风在镜中》《女人像波浪》）等。诗歌入选多种文集、年鉴及读本。2004年参加《诗刊》社第二十届"青春诗会"。曾获多项诗歌奖。有诗歌被翻译成多种文字。

它的美是必须空着，
必须干净而脆弱。
明亮的光线覆盖它：
像卷心菜那么舒憬，
或莲花那么圣洁
的样子。
但爱的唇不能吻它，
一颗不能碰撞的心；
被聚焦的夜半之光，
华服下的利器！
坐不能拥江山，
站不能爱人类！
这低泣的洞口，
这悲悯的母性。
你们用它盛空气或糖果，
我用它盛眼泪或火。

玻璃器皿

明石

它的美是必须空着，
必须干净而脆弱。

阳光从光我装着它：
像春心菜时的舒畅，

或莲花般的圣洁
的样子。

但爱的唇不能吻它，
一颗不能碰撞的心；

被聚集的夜半之光，
华服下的利器！

坐不能拥江山，
站不能爱人类！

这低洼的洞口，
这悲悯的母性。

你们用它盛蜜或糖果，
我用它盛眼泪或火。

2009年1月

157

向黑暗讨要一只苹果

川 美

川美（1964～ ），女，本名于颖俐，辽宁新民人。中国作家协会会员。2004年参加《诗刊》社第二十届"青春诗会"。出版诗集《我的玫瑰庄园》《往回走》，散文集《梦船》和译著《清新的田野》《鸟与诗人》等。诗歌作品发表于《诗刊》《星星》《诗选刊》等杂志。诗作收入《中国年度诗歌》等多种选本。获"诗探索·中国年度诗人"奖。

如果黑暗不是一棵苹果树
为什么我总是嗅到苹果的香

我在黑暗的园中漫步
用比黑暗更黑的眼睛
寻找那只诱惑我的苹果
可是，我什么也找不到
除了黑暗
除了黑暗里若有若无的苹果树
除了苹果上黑暗的香

除了蜿蜒的河流以上帝的意志流淌
除了河上若有若无的苹果树的倒影
除了倒影——
诱人的黑和诱人的香

向黑暗讨要一只苹果

　　　　川剑

如果黑暗不是一棵苹果树
为什么我总是嗅到苹果的香

我在黑暗的园中漫步
用比黑暗更黑的眼睛
寻找那只诱惑我的苹果
可是，我什么也找不到
除了黑暗
除了黑暗里若有若无的苹果树
除了苹果上黑暗的香

除了蜿蜒的河 流以带而重.玄.流淌
除了河上若有若无的苹果树的倒影
除了倒影——
诱人而黑和诱人而香

2004.9

一只蝴蝶

曹国英

曹国英（1964~ ），女，中国作家协会会员。全国首批"驻村诗人"。获"沂蒙新红嫂"荣誉称号。2005年参加《诗刊》社第二十一届"青春诗会"。2020年参加《诗刊》社第十一届"青春回眸"。部分诗歌被选入年度诗选、《新诗百年》等选本。《山脉系列》《山居日记》《母亲是一位采药山姑》《甜藕的空气》《浣衣》等组诗，分别入选"硕士论文写作参考资料"、"高中语文测试卷"、《青年博览》《中文自修》等。有诗歌被翻译到国外。

暗绿远山连绵庄稼地

是什么在花香里蓦然不见了

看到卧佛

时光停下的时候

不要一直朝前

落在你头上的那些蝴蝶

每只都是一朵花的灵魂

繁花绚烂的夏天如梦飞走

晚秋，蝴蝶们都哪里去了呢

我发现这只蝴蝶时

还以为它在采蜜

走近一看

才知它已走完了生命的最后花季

覆以一触即落的尘

它于热爱的事物上

它于枯黄的花蕊上

永远离开了

九月节，露气将凝

它走的那夜必是凄凉

　　高僧说："它的涅槃已臻于完美，身心

带着微醉的芳香。"
如此的暗喻却像人类的伤痕
蝴蝶的离去带走了世间多少芳菲

一隻蝴蝶

曹國英

時綠遠山連綿莊稼地
是什麼於花香裏驀然不見了
看到臥佛時光停下的時候
不要一直朝前
　　落在你頭上的那些蝴蝶
每隻都是一朵花的靈魂
繁花絢爛的夏天如夢飛走
晚秋蝴蝶們都哪裏去了
我發現這隻蝴蝶時

還以為它在采蜜 近前

才知它已走完了生命的最後花季

覆以一觸即落的塵

它在熱愛的事物上

它在枯黃的花蕊上 永遠離開了

九月節 露氣將凝

它走的那夜必是凄涼

為僧說它的涅槃已臻於完美

身心帶著微醉的芳香

如此暗喻卻很人類的傷痕

蝴蝶的離去帶走了世間多少芳菲

六 行

李见心

李见心(1968~),女,
生于辽宁抚顺,现居
锦州。中国作家协会
会员。2005年参加
《诗刊》社第二十一届
"青春诗会"。著有诗
集《初吻献给谁》《比
火焰更高》《李见心诗
歌》《五瓣丁香》《重
新羞涩》等。作品曾
多次获奖。

不要在我的眼里寻找婴儿的蓝
不要把道路走成月光
不要把河流看成绑带

有一个漏洞的是时间
有三个漏洞的是空间
有无数个漏洞的是人

六行

不要在爱的眼里寻找我爱儿的蓝
不要把坐站在底日光
不要把词流着我的帘幕

有一个淹的是叫词
有三个淹的是总词
有无数个淹的是一人——

2005年《丽心活动》
第21届青春5月会
2020年7月书

黄麻岭

郑小琼

郑小琼(1980~)，女，
四川南充人。2005年
参加《诗刊》社第二
十一届"青春诗会"。
作品发表于《人民文
学》《诗刊》等海内外
刊物。有作品被译成
德文、英文、法文、
日文、韩文、俄文、
西班牙文等在国外
出版。出版中文诗集
《女工记》《玫瑰庄园》
《黄麻岭》《郑小琼诗
选》《纯种植物》《人行
天桥》等，法文诗集
《产品叙事》，英文诗
集《穿越星宿的针孔》
等，越南语诗集《女
工记》和印尼语诗集
《女工记》等。作品获
得多种文学奖项。

我把自己的肉体与灵魂安顿在这个小镇上
它的荔枝林，它的街道，它的流水线一个
小小的卡座
它的雨水淋湿的思念，一趟趟，一次次
我在它的上面安置我的理想，爱情，美梦，
青春
我的情人，声音，气味，生命
在异乡，在它的黯淡的街灯下
我奔波，我淋着雨水和汗水，喘着气
——我把生活摆在塑料产品，螺丝，钉子
在一张小小的工卡上……我生活的全部
啊，我把自己交给它，一个小小的村庄
风吹走我的一切
我剩下的苍老，回家

黄麻岭

我把自己的同伴与果实安放在这个小村上
它的荔枝林，它的街道，它的流水线，一些小小的卡庄
它的雨水淹没的尽头，一起睡，一收收
我在它上面安置我的理想，爱情，寂寞，青春
我的叹息，声音，气味，生命
在车间，在它黑暗淡的街灯下。
我奔波，我披着雨水和汗水，喘着气
——我把生活摁在塑胶产品，螺丝，盒子
在一张小小工卡上……我生活的住所
啊，我把忍受给它，一个小小村在
回收走我的一切
我剩下的苍老，回家。

　　　　　　　　　　　郑小琼

恒河：逝水

苏 浅

苏浅（1970~ ），女，辽宁大连人。2006年参加《诗刊》社第二十二届"青春诗会"。著有诗集《更深的蓝》《出发去乌里》等。作品入选多种年度选本。曾获《诗选刊》2004中国年度先锋诗歌奖。

三月无风，恒河停在黄昏
站在岸边的人，一边和鸟群说着再见一边想起
昨夜在梦里悄悄死过无人知道

从没有一种约会像死亡这样直接
一生啊。它伸手抱住什么，什么就成为火焰
一生怎么会这样美
刚开始是花瓣，后来是蝴蝶

刚开始是一滴雨
后来是恒河

恒河：赵水

三月无风，恒河停在黄昏

站在岸边的人，一边和鸟群说着再见 一边朝起

昨夜在梦里悄悄死过无人知道

从没有一种药剂像死亡这样直接

— 生啊，它伸手抱住什么，什么就成为火焰

— 生怎么会这样美

刚开始是花瓣，后来是蝴蝶

刚开始是一滴雨

后来是恒河

苏浔

阿毛 《宁静的热情》
布面丙烯 40cm×50cm

阿毛 《花与树》
布面丙烯　50cm×70cm

风　骨

娜仁琪琪格

娜仁琪琪格(1971~)，女，蒙古族，辽宁朝阳人。现居北京。中国作家协会会员。作品散见《人民文学》《诗刊》《星星》《诗潮》《诗林》《诗歌月刊》《民族文学》《十月》等刊物，入选多种选本。2006年参加过《诗刊》社第二十二届"青春诗会"。著有诗集《在时光的鳞片上》《嵌入时光的褶皱》《风吹草低》。有作品被翻译推介到国外。

我依然要开出美好的花朵　柔软　清澈
汁液鲜润　温情饱满　是生命使然
简单的绽放　必须经过逼仄的冷寒
利欲布施的阴霾浓重　泼出来的寒凉
黑加深了黑　天空一低再低　挤压的迫切
灰与暗　扭曲　狂妄　那些小　被我逐一看清

迎着风站稳　微笑着倾听肆虐　冷漠的围困
硬过坚冰　我依然是微笑的　取出锋刃
人怎可无傲骨　劈下去　混沌轰然倒塌　这开裂
使白更白　黑更黑　阴暗无法躲藏

风 骨

娜仁琪琪格

我依然，要开出美好的秋天 柔软 清澈
汁液鲜润 温情饱满 是生命使然
简单的绽放 必须经过通孔的冷寒
利剑布施的阴霾浓重 泼出来的寒凉
黑,加深了黑 天空一低再低 挤压的迫切
灰与暗 扭曲 狂妄 那些小 被我一一看清

迎着风站稳. 微笑着倾听群鹿 冷漠的围困
硬过坚冰 我依然是微笑的 取出锋刃
人怎可无傲骨 劈下去, 混沌轰然倒塌 迸裂
使白更白 黑更黑, 阴暗无法躲藏

2013.2.28日创作
2020.5.3手书

沉默者

李小洛

李小洛(1970~),女,生于陕西安康。陕西文学院签约作家。2006年参加《诗刊》社第二十二届"青春诗会"。曾就读于第七届鲁迅文学院高研班。曾获第四届华文青年诗人奖、郭沫若诗歌奖、柳青文学奖等奖项。当选新世纪十佳青年女诗人、陕西省百名青年文学艺术家、陕西省"六个一批"人才。著有诗集《偏爱》《偏与爱》《七天》《孤独书》,随笔集《两个字》,书画集《水墨系》《旁观者》等。

并不是每个人都能保守秘密
并不是每朵花都能在春天接近完美
你不能从我这里得到任何馈赠
客人或幕宾,都不能

现在,每天我都要抽时间
去那些空了的房子里看看
但已决定不再开口讲话
简单的招呼,问答,也不会有了
我要让这一切成为习惯

如果不需任何努力就可以变回一株菠菜
如果可以选择两种方式的生活
我就选离你最近的一种
停下来,不再生长
一直沉默,一直病着

沉默者

李小洛

并不是每个人都能 活着称心如意
并不是每朵花都能 如愿地绽放起美
你也可以 从城主里得到任何馈赠
爱人和蜜蜂，都可以

但至少，每天我都需要时间
去那些幽深的海底去旅游
但已决定从两开口讲话
简单的那些字词，也不会有
我要迎这一切的呼吸习惯

如果人需要任何努力方式去围一株蔷薇
如果可以选择两种方式的生活
我就让这漫长的岁月的一种
停下来，不再犹豫
一直沉默，一直沉默

2016年 7月

空镜子

李 云

李云（1969~ ），女，
山东济南人。笔名七
月的海。中国作家协
会会员。2006年参加
《诗刊》社第二十二
届"青春诗会"。鲁迅
文学院第二十一届中
青年作家高研班学员。
作品散见于《诗刊》
《星星》《中国诗歌》
等。著有诗集《最美
的神》等三部。

怎么也不能确定一辆豪华汽车

会被一场大雾拆散

一个村庄会失踪于一场大雨

高高在上的月亮

一旦被摘下，就变得脆弱而透明了

像空镜子，像水泡，一次次被浮出水面的

红鲤抹平

这个夏天，她终于

放弃了水中物什，在飞翔中

轻轻接近一朵昙花：轻轻舞去。一袭白裙。

偶尔解开长发

她不知道，植物的体内

还有另一条河流，另一条……

在无边的下陷中，她含住了花朵们无边的

忧虑

空 镜子

李云

怎么也不能确定一辆豪华汽车
会被一场大雾抹散
一个村庄会失踪于一场大雨
高高在上的闪电
一旦被摘下，就变得脆弱透明了
像空镜子。像水泡，一次次被涤出
水面的红鲤抹平
这个夏天，她镜子
放新了水中物件，在飞翔中
轻轻接近一朵昙花；轻轻舞去，一袭
白衣裙。偶尔解开长发。
她不知道 植物的体内
还有另一条河流，另一条……
在无边的下陷中，她含住了花朵们
无边的忧虑。

2006年6月26日

钓

樊康琴

樊康琴(1971~)，女，笔名樊樊，生于甘肃武都。诗人、评论家。有诗歌、评论、访谈、随笔、散文见于各种刊物。2006年参加《诗刊》社第二十二届"青春诗会"。出版诗集《樊樊诗选》《1988年的河床》《蝴蝶蓝》等，诗歌评论集《缪斯的孩子》。

阳光。河滩。鱼和钓鱼人
今天，他和它们还在
我不懂垂钓
不懂得鱼饵、线和漂的学问
我喜欢远远的
做一个旁观者

远远看着：
替第一条鱼流两滴泪
替第二条鱼叹息一声
但我越来越相信
最后一条咬钩的鱼是快乐的
它藏得最深的快乐
就是鱼钩带给它的疼

在垂钓者眼里
我比鱼儿还安静。燃烧的夕阳
是又大又圆的鱼饵，但快要被收回
这疼痛中缓慢流失的时光
也不是浪费
薄暮时分
我有最美最丰盛的晚宴

有伤痛的，不忍在针尖上
说出的
狂喜和幸福

钓

樊樊（樊康琴）

阳光、河滩、鱼和钓鱼的人
今天，他和它们还在
我不懂垂钓
不懂得渔饵、线和浮的学问
我喜欢远远的
做一个旁观者

远远看着，
替第一条鱼流两滴泪
替第二条鱼叹息一声
但我越来越相信
最后一条咬钩的鱼是快乐的
它藏的最深的快乐
就是鱼钩带给它的疼

在垂钓者眼里
我比鱼儿还要静，燃烧的夕阳

基又大又圆而虫饵、但状愿地应门
这烛焰中慢慢流失的时光
也不去浪费
傍晚时分
我首希美丽盛而晚宴
有伤痛而。不忍在针尖上
滑生病
加1喜加幸福

（第二十二届青春诗会作品）

匿 名

南 子

南子（1972~），女，
生于新疆南部地区，
现居乌鲁木齐。2007
年参加《诗刊》社第
二十三届"青春诗会"。
著有诗集《走散的
人》，随笔集《洪荒之
花》《西域的美人时
代》《奎依巴格记忆》
《精神病院——现代
人的精神病历本》《游
牧时光》《蜂蜜猎人》
《游牧者的归途》等，
长篇小说《楼兰》《惊
玉记》。作品获"在场
主义"散文奖、西部
文学奖、华语青年作
家奖非虚构作品奖等
奖项。

鱼是不说话的　也不咳嗽
但它却在整个的水里面
吐骨头

夜里新开的昙花是不说话的
三百里只熄灭一朵
对过往的香气有一丝歉疚

我喜爱的蜜蜂是不说话的
它随时射出的暗器
也只是褪了色的一根针

纸是不说话的　每天
它都在消除我变坏的声音
不多不少
像地上不飘浮的回声

匿　名　南子

鱼是不说话的　也不叹歇
但它却在整个的水里面
吐雾头

夜里盛开的昙花是不说话的
三更里点燃了一朵
对过往的香气增一丝谦逊

我書袋山蜜蜂是不说话的
它脂肪时多手出的暗器
也只是裉了色的一根针

纸是不说话的　每天
它都在诠释我⋯⋯不多的声音
不多不少
像地上不飘浮的回声

瑜伽　瑜伽

胡茗茗

胡茗茗(1967~)，女，祖籍上海，现居河北石家庄。中国作家协会会员。诗人，编剧。2007年参加《诗刊》社第二十三届"青春诗会"。获2010年度中国作家出版集团奖、第三届中国女性文学奖、第十一届河北省文艺振兴奖、《诗选刊》年度杰出诗人奖等奖项。作品散见于《人民文学》《诗刊》《钟山》《十月》等刊物及各种诗歌选本。出版诗集《诗瑜伽》《诗地道》等。

我将身躯极尽全力伸展
然后下压
我要对抗的不只是隐痛
不只是僵硬
还有时间
我试图以疼对抗衰落
以诗对抗平庸
以水的冥想对抗火的浮躁
既享受盾又享受矛
我愿意听到这些骨头发出声响
它们让我感到我还活着
柔软地活着
像海底的水草对抗着海面的风暴

瑜伽. 瑜伽.

一砌茗茗

我将身体合力伸展. 然后

下压, 我要对抗.

不仅是疼痛. 不仅是僵硬

还有时间. 我试图以浮对抗平庸

以疼对抗麻木

以水和黑暗. 对抗火的滋燥

既坚硬. 又柔软

我愿意听到骨头发出声响

这样让我知道我还活着

羞愧地活着

像海底的水草对抗海面的风暴

句号于 2006年. 7月

鲜活的鱼子

马万里

马万里(1966~),女,河南焦作武陟人。中国作家协会会员。鲁迅文学院第二十二届中青年高级作家研修班学员。2007年参加《诗刊》社第二十三届"青春诗会"。有诗歌数百首散见于《南方周末》《诗刊》《诗神》等报刊。获得过国家、省、市级多项诗歌奖项。

我的爱跟这人生一样漫长
一样短暂

我素衣寡言多年
我沾一身菊香
两袖露水

我多想是春天的迎春、夏天的莲花、秋天
　的雏菊、冬天的水仙
我多想是这春夏秋冬

而我常常抑郁、忧伤、失眠、绝望
常常看到荒芜闪电以及死亡的冷脸

我陈年的伤口隐隐发芽
我的句子漏干雨水
四处奔涌

我们猝然相逢
又匆匆走散
你不在
我的心空旷成苍茫的大海

我布满花纹的腹部
满是鲜活的鱼子

鲜活的鱼籽

弓万里.

我的爱恨这人生一样漫长
一样短暂

我素衣寡言多年
我沾一身菊香
两袖露水

我多想去春天的迎春，夏天的莲花，秋天的
雏菊，冬天的水仙，
我多想去这春夏秋冬

而我常常抑郁，忧伤，失眠，绝望

188

常常看到荒芜闪电以及化石的冷脸

我陈年的伤口隐隐发芽
我的句子漏于雨水
四处奔涌

我们猝然相逢
又匆匆走散
你不在
我的心旷成苍茫的大海

我布满花枝的腹部
满是鲜活的鱼籽

秋 天

邓朝晖

邓朝晖(1972~), 女,
生于湖南常德。中国
作家协会会员。有五
百余首诗作发表于
《诗刊》《新华文摘》
《十月》《人民文学》
《星星》等多种文学期
刊并入选若干年度选
本。有二十余万字散
文、小说发表于《文
艺报》《西部》《湖南
文学》《山花》《黄河
文学》《延河》等。2007
年参加《诗刊》社第
二十三届"青春诗会"。
曾获湖南省青年文学
奖、第五届中国红高
粱诗歌奖、湖南年度
诗歌奖等奖项。

秋天适宜睡觉

适宜醉生梦死

适宜怀念一个刚刚远去的人

栾树开出小黄花

花开在末梢

有重生也有沉醉

瓜果灿烂

冬瓜探出粉白的头

辣椒捂紧小心脏

葫芦、丝瓜、苦瓜有青色的肌肤

溪水从门前流过

有高山的寒也有地底的温润

一切都刚刚好啊

风送来白露之气

夜晚逍遥

没有神秘的来者

逝去的人浩荡地走在归途

秋天

秋天适合睡觉

醉生梦死

适合怀念一个刚刚死去的人

枣树开出小黄花

花开在末梢

有重生也有沉醉

瓜果灿烂

冬瓜探出粉白的头

辣椒揣紧小心脏

葫芦、丝瓜、苦瓜有青色的肌肤

溪水从门前流过

有高山的冷也有地底的温润

一切都刚刚好啊

风送来白露之气

夜晚清幽

没有神秘的来者

逝去的人浩荡地走在归途

邓朝晖

2020.3.26于湖南

191

灵隐寺的桂花落了一地

金铃子

金铃子(1969~)，女，
原名蒋信琳，曾用名
信琳君，重庆人。中
国作家协会会员。诗
人，绘画者。20世纪
80年代末期开始发表
诗歌。著有诗画集七
部。2008年参加《诗
刊》社第二十四届
"青春诗会"。曾获第
二届徐志摩诗歌奖等
奖项。

灵隐寺的桂花落了一地
这黄，从寺的至深处发出
窃窃私语。我这个刚刚到来的俗客
听得仔细
它赠我诗句。赠我过去。赠我现在
我欣喜若狂
我鼓噪一声，发出虫鸣
仿佛两个隔世的亲戚，说了一宿
直到我暗自得意
说了句："一想到现在活得好好的
我忍不住大笑了几次。"
它瞬间沉默，瞬间不见踪影

霜降节的楼在落了一地

雪降节的楼花落了一地

娜仁琪琪格 《春的旋律》
布面油画 70cm×50cm

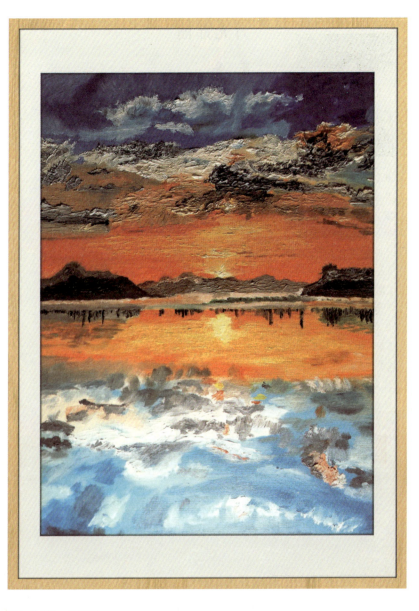

娜仁琪琪格 《照耀》
布面油画 40cm×50cm

月光谣曲

苏 黎

苏黎（1968～ ），女，甘肃山丹人。中国作家协会会员。2008年参加《诗刊》社第二十四届"青春诗会"。在《人民文学》《诗刊》《星星》等刊物发表大量作品。出版散文集《一滴滋润》，诗集《苏黎诗集》《月光谣》《多么美》等。作品入选《中国年度最佳诗歌》《中国年度诗歌精选》《〈诗刊〉六十年诗歌作品选》《中国最佳文学作品选·散文卷》等多种选本。

月光，月光
门前马莲滩像一件没有收走的衣裳

我到场院旧草垛下等人
腕上的银镯也向远处瞭望

风吹草屑
月光的脚步婆娑

光溜溜的石碾子
一场院落叶的寂寞

如果你来了
躲在哪棵白杨树的后面

如果你没有来
夜风为什么揪我的衣裳

月光，月光
一只秋虫的忧伤在不停地闪亮

月光 谣曲

苏黎

月光，月光
门前马莲滩像一件没有收走的衣裳

我到场院旧草垛下等人
腕上的银镯也向远处瞭望

风吹草屑
月光的脚步湿漉漉

光溜溜的石碾子
一场院落叶的寂寞

如果你来了
躲在哪棵白杨树的后面

如果你没有来
风为什么揪我的衣裳

月光，月光
一只秋虫的忧伤在不停地闪亮

※刊于《诗刊》2008年12期·第24届
青春诗会专号

燕山之顶

杨 方

杨方（1975~ ），女，出生于新疆，现居浙江。2008年参加《诗刊》社第二十四届"青春诗会"。作品发表于《人民文学》《十月》《当代》《诗刊》等刊物。有小说入选《小说选刊》《中篇小说选刊》《中篇小说月报》《2012年中国中篇小说精选》。曾获《诗刊》青年诗人奖、第十届华文青年诗人奖、第二届《扬子江》诗学奖、浙江优秀青年作品奖等奖项。

多么突然，当我站在崖边
和一朵金莲花一样惊惧，颤抖，屏住了呼吸
我怕一失足，就跌落茫茫云海
此时连绵的群山在云雾中只露出孤岛一样
　　的山尖
神一口一口，吹蒲公英一样将云朵吹散
它们飘落远山，又群羊般汹涌而来
如果退后一步，跨过那丛荨麻草和乱石堆
抬头就是另外一重天，阳光透过云层照射下来
四周充满明亮而冷冽的空气
风从肋间穿过，像吹响一支颤音的骨笛
有人在云端抚琴，管弦和丝乐都是天上曲
有那么一霎，我不知道自己为什么站在这里
上不着天下不着地，从此忘了人间，也情
有可原

我确信这重天之后定有另一重天
飞走的白鹤，消散的亲人，露珠和冷霜
以及不知所终的落花跟流水，都将停留那里
而我为了追寻，一生都在盲目地乱走
现在我只是短暂地停顿，在燕山之顶
低头看见了生命，爱情，功名

三十多年的风花和雪月，流云一样飞逝
我在尘世安身立命的小院，这个夏天结出了蛛网
茑萝寂静，空心菜开出白花，荒草高过海棠和榆叶梅
我曾那么牵挂的人、在意的事，变得缥缈、虚无
仿佛从不曾牵挂和在意，不曾和我有丝毫的关联
而当我转身离开，泪水忍不住滴落下来
我看见自己正走向青灰的暮年，哀伤的往事

燕山之质　　　　　杨方

多么突然，当我站立崖上
和一朵金莲花一样惊慌，屏住
了呼吸
我怕我一失足就跌落茫茫云海
此时连绵的群山在云雾中孤岛一样
只露出山尖
神一口一口，将云朵吹散
它们飘落远山，又群羊般回来
如果退后一步，跨过那丛茱萸朵
抬头就是另一重天
阳光透过云层照射下来
四周充满冷冽的空气
风从耳际穿过，像吹响一支
飘渺的骨笛
有人在云端抚琴
箜篌和丝竹都是天上曲
有那么一刹，我不知道自己
为什么站在这里
上不着天，下不着地
从此忘了人间，也情有可原

我确信这重天还有一重天
走过的白鹭，迷散的来人
露珠和冷霜
以及不知所终的落花流水
都将停留在那里
而成为了追寻
一生都在盲目的奔走
现在我只是短暂的停栖
在燕山之顶
低头看见了生命，爱情，功名
三十多年里的风花和雪月
流云一样飞逝
我在出世安身立命的小院
这个夏天结出了蛛网
药草寂静，空心菜开出白花
荒草高过土豆棠和榆叶梅
我曾那么牵挂的人，在意的事
变得稀缺，虚无
仿佛从不曾在意和牵挂，不曾和我
有关联，而当我转身离开
泪水还不住滴落下来
我看见自己正走向虚灰的暮年
窸窣的往事

雁群飞过

林 莉

林莉（1972～　），女，江西上饶人。中国作家协会会员。2008年参加《诗刊》社第二十四届"青春诗会"。诗文发表于《人民文学》《诗刊》《星星》《天涯》《花城》《读者》《山花》《诗潮》等报刊，入选各种年度选本。出版诗集《在尘埃之上》《孤独在唱歌》等。获2010年度华文青年诗人奖、2014江西年度诗人奖、第九届中国红高粱诗歌奖、第七届《扬子江》诗学奖等奖项。

站在枫溪高高的堤坝上，我看见一群雁
向西飞去，有一瞬间它们张开的翅膀一动不动
像是在经历一场庄严的告别，然后它们从
落日的针眼里
奋力穿了过去——
夕光把整个大地都染红了，黄昏的空苇地上
落着它们黑色的影子，安宁且痛楚

雁群飞过

地在机场高高的墙坝上，我看见一群雁，

向西飞去，有一瞬间它们张开的翅膀一动不动

像是在经历一场巨大的苦刑，然后它们从落日的针眼里

奇异穿了过去——

夕光把整个大地都染红了，黄昏的空苹地上

簇着它们黑色的影子，安宁且痛楚

林莉摘于江西上饶
二〇二〇年六月
原载《人民文学》二〇一六第九期

203

爱请原谅我吧

王妍丁

王妍丁（1968~ ），女，祖籍河北，生长在沈阳，现居北京。中国作家协会会员。2008年参加《诗刊》社第二十四届"青春诗会"。著有诗集《王妍丁短诗选》《王妍丁世纪诗选》《在唐诗的故乡》《我默念的幸福开成了莲》等。作品多次获奖，入选国内外多种文学选本。

在最温柔的诗句里
我隐藏了你的名字
在你面前
我担心自己太显矮小
但我告诉自己
必须学会像你一样
冷峻　沉稳　处变不惊
如一把出鞘的长剑
永远保持一种锋利和果敢
以及一颗干净的
行走于世的心

掌 请原谅我吧
在最温柔的诗句里
我隐藏了你的名字
在你面前
我担心自己太渺小
但我告诉自己
必须学会像你一样
冷峻 沉稳 处变不惊

如一把出鞘的长剑
永远保持一种锋利和果敢
以及一颗干净的
行走于世的心

王娜娜 2020.6.4

205

青花瓷，秋天

李成恩

李成恩(1983~)，女，生于安徽灵璧，现居北京。中国作家协会会员。2009年参加《诗刊》社第二十五届"青春诗会"。著有诗集《汴河，汴河》《春风中有良知》《池塘》《高楼镇》《酥油灯》等，随笔集《文明的孩子》《写作是我灵魂的照相馆》等十多部，另有《李成恩文集》(多媒体十二卷数字版)。曾获得首届屈原诗歌奖、首届海子诗歌奖、台湾叶红全球华文女性诗歌奖、柔刚诗歌奖、中国当代诗歌奖、《诗选刊》年度先锋诗歌奖等奖项。其部分作品已被译成英文、法文、德文等。

光线从绿树冠越过，照射青花瓷的细腰
逻辑静止，秋水恬淡

我迷恋唐朝，研读女红
对财务也情有独钟，在秋天伸出懒腰

懒腰闪烁，秋虫细碎
我端茶倒水，养了一盆翠竹、两只绵羊

困顿是有的，但清醒的时候
我进入青花瓷烧制的工厂，简直是梦游

秋天也是梦游，山冈上冒出的动物
跑过来跑过去，与青花瓷瓶拥挤在一起
我的前额光洁，手指如竹
打扫庭院，树上的红果坠落，我一惊一乍

自然界的变化不是我心灵的变化
今夜月亮坠落时天地的暗淡一下子控制了我

我相信劈开的木柴里藏着的青花瓷瓶
是我的所爱，也是我值得赞赏的秋虫

青花瓷伸长脖颈，修长的逻辑
像女红，像财务，清淡而陌生

青花瓷，秋天

李敬泽

光线从绿树冠越过，照射青花
　瓷的细田腰
逻辑青争止，秋水恬淡

我迷恋……唐朝，研读女红
对财务也情有独钟，在秋天
　伸出懒腰

懒腰闪烁，秋虫细用石卒
我端茶倒水，养小金鱼们，
　两只绵羊

208

间隔是有的，⟨图⟩清醒的时候
我进入青花瓷烧制的厂间 重是缓的

秋天也是梦境，山前上冒出的动物
跑来跑去，与青花瓷瓶拥抱在一起

我的前额光洁，手指如约
打扫庭院，树上的红军冷落，秋一惊一乍

自然界的变化不是我心灵的变化
今夜月亮坠落时 天地的暗炎一下才能剥离我

我相信擘开的木牢里藏着的青花瓷瓶
是我的所爱，也是我值得赞美的秋古

青花瓷血管胶质，修长的逻辑
像如红，像财务，清淡而陌生

今日歌

横行胭脂

横行胭脂 (1971~)，女，本名张新艳，出生于湖北天门。中国作家协会会员。2009年参加《诗刊》社第二十五届"青春诗会"。曾在《人民文学》《诗刊》《花城》《北京文学》《小说月报》《星星》《青年文学》《光明日报》《作品》等百余家报刊发表诗歌、散文、小说、评论两百万字。曾获中国年度先锋诗歌奖、第三届柳青文学奖、陕西青年诗人奖等奖项。诗集《这一刻美而坚韧》入选"21世纪文学之星丛书"。

今日青山隐隐　河流唱歌　大风去向高原
今日花朵摆脱了生育的形状　蝉从唐朝的
茧子里爬出来

今日我决定带上三倍的灵魂去散步
请提供教堂　野花　洒满太阳光粒儿的原野

请提供一只有理想的毛驴　请提供一百个
劳动者
苦涩的地址　一百个新鲜的信封

今日我去问候大地上的那些人　还有那些事
麦子紧密　果实夸张　我去感谢天空降低
了它的乳房

今日我去告诉一个人　你即使有万里河山
你也不是英雄　如果你没有内心惆怅的美
斑驳的忧伤

今日　对于时间　对于空间　我是有用的
时间在我身上流淌　我像一个最好的词语
嵌在生活里

今 日 歌

今日青山隐隐 河流唱歌 大风吹向高原
今日花朵摆脱了生育的形状
蝉从隔朝的茧子里爬出来
今日我决定带上三倍的灵魂去散步
请提供教堂 野花 撒满太阳光粒儿的原野
请提供一只有理想的马驴
请提供一百个劳动者
苦思的地址 一百个新鲜的信封
今日我去问候大地上的那些人 还有那些事
麦子紧密 果实夸张
我去感谢天空降低了它的乳房
今日我去告诉一个人 你即使有万里河山
你也不是英雄 如果
你没有内心惆怅的莫驼王驮的城防
今日,对于时间 对于空间 我是有用的
时间在我身上流淌
我像一个最好的词嵌在生活里

横行明暗抄青春诗会诗一首

2020.6.21

李小洛　《秋至》
纸面国画　40cm×40cm

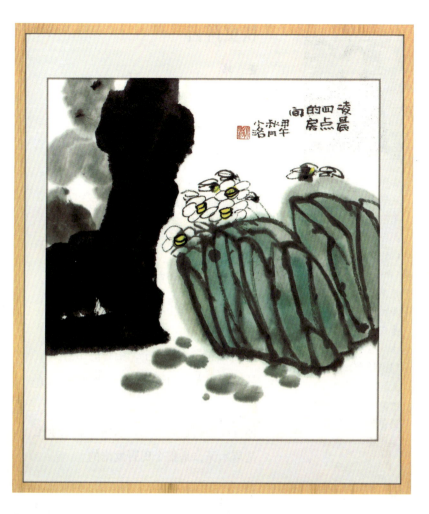

李小洛 《凌晨四点的房间》
纸面国画 40cm×40cm

秋虫阵阵

董 玮

董玮（1969~　），女，辽宁本溪人，现居山东东营。中国作家协会会员。2009年参加《诗刊》社第二十五届"青春诗会"。出版过诗集《地脉》，长篇报告文学《石油之子》。作品入选各类诗歌选本。在《人民文学》《诗刊》《诗选刊》《飞天》《山东文学》等刊物发表作品。获得过朝阳年度文学奖等各类奖项。

你可以打磨出它的漆黑，油亮
却无法让心，也那么疼一下

你可以捕捉到阵阵惶惑、凄远
却无从知晓，为着什么

你整夜被隔世的絮语，搅得
不得安生，任凭它清晰又渐渐飘忽

你可以重获一种安宁，稻香的田野
赶远路的人、山道，低低地叮咛里远了

你可以感到它的无力，忽明忽暗地挣扎
是草木深，是整个田野发出的

你可以被熄灭、点燃。微弱的一生短促
又无奈，散布在乡野上的清寒，小野菊

你可以沿它的空旷，一直走下去
一阶阶声声慢，一弯摇橹的月色

秋　虫　阵　阵

李琦

你可以打磨出它的深邃，油亮
却无法让心，也那么疼一下

你可以捕捉到阵阵惶恐，凄远
却无从知晓，为着什么

整夜被隔世的纠缠，挑得
不得安生，任凭嘶哳又渐渐飘远

你又享获一种安守，稻香的田野
赶远路的人、山道，从低叮咛里远了

你感到它的无力，忽明忽暗地挣扎
是草木深，是整个田野发出的

你可以被熄灭，点燃。微弱的一生短促
又无奈。散布在乡野上的清寒，小野菊

你可以沿它的空旷，一直走下去
一阵阵声声慢，一弯摇橹的月光

原载于《诗刊》2009.12(上)

215

给我辽阔的……

阿 华

阿华（1968～ ），女，本名王晓华，山东威海人。山东省作家协会签约作家。2009年参加《诗刊》社第二十五届"青春诗会"。诗歌作品散见于《人民文学》《诗刊》《山花》《飞天》《十月》等刊物，有诗歌作品入选各种诗歌选本。著有诗集《香蒲记》等。

给我辽阔的，是这人间的梨树镇

我曾在黄昏来临时，去坡地散步
也曾在河边，看到菖蒲在风里
摇摇摆摆

在梨树镇，我看到桃树
萌芽，生叶，抽枝，开花
也看到，蚁群在运粮，大雁往南飞

——紫叶李最后的一片叶子
自由自在地落地，又满心欢喜地腐朽

给我辽阔的，是这人间的梨树镇

墙壁上的爬山虎，深幽又柔韧
草本的旱莲草，秋天里落下了籽

你问我，更喜欢鹅掌楸
还是乌桕树，我无法回答你

但我知道，在这里

这人间的梨树镇，我体会到的爱

没有面额，无以数计

给我辽阔的……

阿华

给我辽阔的，是这人间的梨树镇

我曾在黄昏来临时，去坡地散步
也曾在河边，看到菖蒲在风里
摇摇摆摆

在梨树镇，我看到桃树
抽芽、生叶、抽枝、开花
也看到，蚁群在运粮，大雁往南飞

——紫叶李最后的一片叶子
自由自在的落地，又满心欢喜地腐朽

218

给我辽阔的，是这人间的梨树镇
墙壁上的爬山虎，深幽又蓊郁
草木的旱莲草，秋天里落下了果实

你问我，更喜欢鹅掌楸
还是乌桕树，我无法回答你

但我知道，在这里
这人间的梨树镇，我体会到的爱
没有面额，无以数计

鱼水谣

谈雅丽

谈雅丽（1973~ ），女，湖南常德人。中国作家协会会员。鲁迅文学院第三十六届高研班学员。2009年参加《诗刊》社第二十五届"青春诗会"。出版诗集《鱼水之上的星空》（入选中国作协"21世纪文学之星丛书"）、《河流漫游者》，散文集《沅水第三条河岸》《江湖记：河流上的中国》。

你要爱我的洞庭湖甚于往日
要沿着我的血管找到荷花开放的源头
你要爱上源头的青山
青山背后燕子衔来的暮色
你要爱上暮光中我喂养过的白鹭
在湖边，它们会认出我和我的所爱
你要爱上十岁的我手中的丝网

你还得爱我家乡怀抱篱笆的老屋
屋后满园柑橘的酸甜
爱上老屋里我白发苍苍的亲人
爱他们古铜的微笑和不停地唠叨
你要爱上我忍受的别离
爱上岁月给我那滴委屈的眼泪
爱它们至今随上弦月——
呼啸到远去的田野

如果你爱了我这么多
你会拥有更广阔的胸怀
我将温柔对你
我会爱上你的全部
全部的！你的平原山川，河流谷壑

你夜夜梦中的——
十万公顷海水和波涛汹涌的
那一曲乡愁

鱼 水 谣

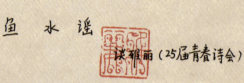

谈雅丽（25届青春诗会）

你要爱我的洞庭湖甚于往日
要沿着我的血管找到荷花开放的源头
你要爱上源头的青山
青山背后燕子衔来的暮色
你要爱上暮光中我喂养过的白鹭
在湖边，它们会认出我和我的所爱
你要爱上十岁的我手中的丝网

你还得爱我家乡怀抱篱笆的老屋
屋后满园柑桔的酸甜
爱上老屋里我白发苍苍的亲人
爱他们古铜的微笑和不停地唠叨
你要爱上我忍受的别离
爱上岁月给我那滴委屈的眼泪
爱它们至今随上弦月，呼啸到远方的田野

如果你爱了这么多
你会拥有更广阔的胸怀
我将温柔对你，我会爱上你的全部
全部的！你的平原山川.河流谷壑
你夜夜梦中的——
十万公顷海水和波涛汹涌的
那一曲乡愁.！

2020年1月8日沅水江畔

雪 山

麻小燕

麻小燕（1970~ ），女，原名麻丽然，山西原平人。中国文物学会会员，古代字画鉴定师，收藏家。2009年参加《诗刊》社第二十五届"青春诗会"。

寒冬点燃北方的白雪
让远山富有参差斑驳的质感
让河流停顿，坚守着
对季节的诺言。我喜欢大山，
持重与云靠近，和太阳攀亲。
我喜欢他坚实的根部和泥土的交谈，
喜欢环绕的河流对他不舍的柔情。
清凉的白雪意味着苏醒。
意味着大山阴阳的两面，
意味着滋润和渗透将归于根系归于生长，
无论小草和参天大树云和风的过往
那耀眼的半径，太阳
升起或落下，月亮都在他的脊背！
沉默即等待，思想的岩石
以及风的钢琴，这纯粹的白雪的歌声。

雪山

麻小燕

寒冬点燃北方的白雪
让远山富有参差斑驳的质感
让河流停顿，坚守着
对季节的诺言。我喜欢大山
持重与云靠近，和太阳攀亲。
我喜欢它坚实的根部和泥土的交谈，
喜欢环绕的河流对他不舍的柔情。
清凉的白雪意味着苏醒。
意味着大山阴阳的两面，
意味着滋润和渗透将归于根系归于生长，
无论小草和参天大树云和风的过往
那耀眼的半径，太阳
升起或落下，月亮都在它的脊背！
沉默即等待，思想的岩石
以及风的钢琴，这纯粹的白雪的歌声。

2017年写于雁门

225

湖边人家

叶菊如

叶菊如（1971~ ），女，湖南岳阳人。中国作家协会会员。著有诗集《一种寂静叫幸福》《别样心情》《湖边望》等，2009年参加《诗刊》社第二十五届"青春诗会"。曾获首届闻捷诗歌奖和第二届岳阳文学艺术奖等奖项。

这片水域唯一的院落，是神秘的
它用一只大黄狗
一个男主人
几缕出没无常的炊烟
阻拦我们的离去

铁山水库隐居于洞庭湖边
无人能懂的
闲寂，从男主人口中说出
依然无人能懂

绕过湖边人家，我们在雪地里
闲聊，呆望，渔船上
有一只鸬鹚展开了翅膀
也许，下一秒
能逮住一条红鲤。而雪正慢慢地飘下来
仿佛是，走捷径的书信

湖边人家

叶菌如

这片水域唯一的院落，是神秘的

它用一只大黄狗

一个男主人
几缕出没无常的炊烟

阻拦我们的离去

铁山水库隐居于洞庭湖边
无人能懂的
闲寂，从男主人口中说出
依然无人能懂

绕过湖边人家，我们在雪地里

闲聊，呆望，渔船上，

有一只鸬鹚展开了翅膀，

也许，下一秒

能逮住一条红鲤，而雪正慢慢飘下来

仿佛是，走捷径的书信

二O一九年，一月

黄 昏

黄 芳

黄芳（1974~　），女，
生于广西贵港，现居
桂林。毕业于广西师
范大学中文系。中国
作家协会会员。2010
年参加《诗刊》社第
二十六届"青春诗会"。
出版诗集《风一直在
吹》《仿佛疼痛》《听
她说》等。

多少个黄昏
她坐在高高的台阶上
看暮色一层层压下，铺开
红衣裳的人上来了
绿衣裳的人下去了。巨大的灰袍
被风鼓起
像多余的骨头，沉重又雀跃
终于，路灯依次亮起
树木、房屋、人群落下长影子
这多余的折叠，交错
仿佛人间神谕

黄昏

黄芳

多少个黄昏
她坐在高高的台阶上
看暮色一层层下压，铺开
红衣裳的人上来了
绿衣裳的人下去了。巨大的灰鸽
被风鼓起
像多余的骨头，沉重又雀跃
终于，路灯一盏盏亮起
树木，房屋，人群落下去影子
这多余的折叠、交错
仿佛人间神谕

2010. 8. 14

夜雨寄南

东 涯

东涯 (1971~)，女，本名王华英，山东荣成人，现居石岛。中国作家协会会员。山东省作家协会签约作家。2010年参加《诗刊》社第二十六届"青春诗会"。著有诗集《侧面的海》《山峦也懂得静默》《泗渡与邂逅》等。作品散见于《诗刊》等报刊，入选多种年度诗歌精选和跨年度诗歌选本。曾获泰山文学奖等奖项。

大雨将至，我不知该对你说些什么
窗要关好
车子不要停在低洼处
如果一定要外出，记得带伞
不要在大树下避雨
也不要因为天光晦暗而难过
有些时候有些雨，注定会淋湿我们
现在，大雨已至
我要对你说的话，不比天上密集落下的雨点少
它们带着甜菜的气息
带着海洋里蛤蜊的气息，还有沙漠里的
鼠尾草的气息……所有这些
都化成酒的气息
这时如果我想起你
内心的潮水
绝不逊于这场大雨所带来的洪水
但我什么也没说
只是看着大雨落下来
想象"思君若汶水，浩荡寄南征"
想象一滴水
奔向另一滴时所发出的光芒

夜的寓言

宋雅

大雨将至，我不知该对你说些什么

窗墙美好

车子不要停在低洼处

如果一定要外出，记得带伞

不要在大树下避雨

也不要因为天光晦暗而难过

有些时候有些雨，注定会淋湿我们

现在，大雨已至

我要对你说的话，不比天上密集落下的雨点少

它们带着甜蜜的气息

带着海洋里蛤蜊的气息，还有沙漠里的

鼠尾草的气息……所有这些

都化成酒的气息

这时如果我想起你

内心的潮水

绝不逊于这场大雨所带来的洪水

但我什么也没说

只是看着大雨落下来

想象"恩若芳泚水，浩荡寓言证"

想象一滴水

奔向另一滴时所发出的光芒

庚子年夏

金铃子 《蜀道绝险图》
国画　248cm×129cm

金铃子 《听山破冰图》
国画 95cm×180cm

素描静物

刘 畅

刘畅（1973~ ），女，
生于江苏淮安，现居
南京。诗人、画家。
2010年参加《诗刊》
社第二十六届"青春
诗会"。曾获第五届
李白诗歌奖优秀奖、
江苏省散文学会学会
奖、江苏省首届青年
诗人双年奖入围奖等
奖项。诗作被翻译成
英文、德文、西班牙
文推介至国外。著有
诗集《T》。

蚯蚓
泥土里躬行
山顶的高光等待定义
线条的刀锋蜷缩成蚁
阵雨落在碳笔的阴影里
橘子方位不明
煮熟的种子因妥协被捏至粉碎
翻开手掌
命运线被反复涂改

素描·静物

蚯蚓，泥土里躬行。山顶的高光等待定义。

线条的刀锋蜷缩成蚊，阵雨落在碳笔的阴影里。

橘子方位不明，煮熟的种子，

因妥协·被碾至粉碎。

翻可于掌，命运线被反复涂改。

第26届青春诗会 刘畅 诗书

庚子年夏

235

书信的命运

扶 桑

扶桑（1970～），女，本名黄玉华，生于河南信阳。2010年参加《诗刊》社第二十六届"青春诗会"。获《人民文学》新浪潮诗歌奖等多种奖项，入围2010年华语传媒大奖年度诗人提名。部分诗歌被翻译成英文、德文、日文、俄文、韩文等文字。著有诗集《爱情诗篇》《扶桑诗选》《变色》。

书信有书信的命运，如同
写信人，有自己的命运——
有的信被弃置，被漫不经心的脚踩进泥土
有的信半途流落
在某个不知名的角落
有的信被一遍遍默诵用红丝带包扎像护身符
贴胸珍存
有的信被焚化，在吞咽的火舌中随同
那哀悼的手一起颤抖
有的信像分离的骨肉
渴望重回主人怀中
还有的信，永远、永远
像隐秘的痛苦
不付邮

书信的命运

扶桑

书信有书信的命运. 如同
写信人, 有自己的命运——

有的信被弃置, 被漫不经心的脚踩进泥土
有的信半途流落
在某个不知名的角落
有的信被一遍遍默诵用红丝带包扎像护身符
  贴胸珍存
有的信被焚化, 在呑咽的火舌中随同
  那哀悼的手一起颤抖
有的信像乞离的骨肉
  渴望重回主人怀中
  还有的信, 永远、永远, 像隐秘的病苦
不付邮

1998.

习 惯

刘小雨

刘小雨（1978~ ），女，
山西原平人。2010 年
参加《诗刊》社第二
十六届"青春诗会"。
有诗作发表于《诗刊》
等刊物。入选多种年
度选本。获征文类奖
项多次。出版诗合集
《十三人行必有我诗》。

看见高处的事物，我
就想仰望一会儿。
看见低处的事物
我就会俯视一会儿。

但更多时候，
我习惯于左顾右盼，
——那些左边的潮湿，
——和右边的干燥，
在他们中间，我经常闭上眼睛

一副双目失明的样子。

习惯

每见高处的事物
我就想仰望一会儿
每见低处的事物
我就会俯视一会儿

但更多的时候
我习惯于左顾右盼
——那些左边的潮湿
——和右边的干燥
在他们中间，我经常泪湿眼眶

一副双目失明的样子

孙小雨
70年代生人，房山人
写于2010年

今日阴

杨晓芸

杨晓芸(1971~)，女，生于四川绵阳。诗人，画家。2011 年参加《诗刊》社第二十七届"青春诗会"。作品散见于《诗刊》《人民文学》《星星》《飞地》等刊物及部分诗歌年度选本。出版个人诗集《乐果》(2016，长江文艺出版社)。

海市蜃楼里辗转。
雨裹微粒的漂浮带，蒙眼
嘶吼的男神。
短信发向晦暗不明的未来。

乱流之黑压压人群，如油布翻卷；我想到
油布的可燃性。
低空沉滞雾霾，近似于道德的灰。

今日陰

海市屋樓呈糖糖，雨素激粒的漂浮
筆崇瞇哪眯的勇动，短信发向瞑
瞬不明的来未，亂流之，黑呕之，人群
如油布翻卷，我在引油布的可燃性
修空沉滞，霧霾，还似于滞店的層。

庚子夏曉芸書於綿州

如果我一定要掉眼泪

花 语

花语（1972~ ），女，祖籍湖北仙桃，现居北京。诗人、画家。2011年参加《诗刊》社第二十七届"青春诗会"。曾获2018华语十佳诗人奖、2018首届《安徽诗人》年度诗歌奖优秀诗人奖、2018第三届中国（佛山）长诗奖、2017首届海燕诗歌奖、《西北军事文学》2012年度优秀诗人奖等奖项。著有诗集《没有人知道我风沙满袖》《扣响黎明的花语》《越梦》。

我是一个从小缺少家庭温暖的孩子
我几乎记不得母亲的怀抱，怎么算撒娇
父亲的膝下，长不长杂草

那个当兵的爹，扎军用皮带
穿马靴，一脸的威严
他的军用手枪常常搁在枕头底下
他站在部队的操场上，吼一嗓子
院里那些春天的杨树叶，都会掉下几片

好在我不像弟弟
经常要想着办法躲避不及格带来的灾难
因为父亲是一个打了你
还不许你哭的人
所以，无论遇到什么
我都不哭
如果我一定要掉眼泪
那是因为我太疼

如果我一定要掉眼泪

　我是一个从小缺少家庭温暖的孩子
我几乎记不得母亲的怀抱，怎么算撒娇
父亲的膝下，长不长米草

　那个当兵的爹，扎军用皮带
　穿马靴，一脸的威严
他的军用手枪常常搁在枕头底下
他站在部队的操场上，吼一嗓子
院里那些春天的杨树叶，都会掉下几片

　好在我不像弟弟
经常要想着办法躲避不及搭带来的灾难
因为父亲是一个打了你
还不许你哭的人
所以，无论遇到什么
我都不哭
如果我一定要掉眼泪
那是因为我太容

　　　　　　2020 7 11　苍浯

清风洗尘

万小雪

万小雪(1971~)，女，甘肃天水人。中国作家协会会员。2011年参加《诗刊》社第二十七届"青春诗会"。先后在《诗刊》《飞天》《诗选刊》《星星》《绿风》《黄河文学》等多种报刊发表作品多篇(首)。作品多次入选《中国作协优秀诗选》和《中国年度最佳诗歌》等诗歌选集。作品曾获《飞天》十年文学奖，第三、四、五届甘肃黄河文学奖等奖项。出版诗集《蓝雪》《带翅膀的雨》《一个人的河流》《沙上的真理》《西域记》五部。

那天，临风洗浴，我触摸到了金子的柔软
和卑微
触摸到了一片山河的低垂——

遍地的沙子　亮晃晃的　书写大风中的经书
每颗举着一枚锯齿形的小刀　刀刃里
有河流般的皱纹　像一群人的疼那样
沉默如金——

而密密麻麻之外，军队一样前行的沙
更多地为我呈现　果断　决绝　饱和
丰盈得让人心碎。我隔着一颗　和另一颗
我隔着薄薄的尘世啊——

……金黄的头颅　善良的目光　在这河西
的金秋
我隔着左手的沙尘　右手的风暴
看见你如海水般流淌的微笑，临风洗浴
命运又一次为我备下：
金丝线的步履　银丝线的墓地
日月转换之间
——我隔着薄薄的你啊！

那天，临风洗浴，我触摸到你胸膛里

黄金的广阔和无垠——

那些锯齿形的睡眠　淡淡的　负载我的哀愁

那些吸纳了阳光和月光的爱

沙沙　沙沙地　泛起无边寂静的漩涡

清 风 浅唱

石 小莆

那天，偶尔浅唱，再也触摸到陌生的
景致和苹微
却触摸到了一片小河的沉重——

遍地的沙子，竟是荒凉，来得太
仍未曾经历
每颗举着一枚锋芒毕现的小刀，刀刃里
有河流残暴的皱纹，像一群人的展
那样
沉默大抵金——

石壁宽敞敞麻之外，军队一样前行
的沙
更多地方再呈现：崭新、决绝、绝如
丰盛得让人心疼。再寓为一派，
亦为一颗
再寓为薄薄的尘世啊——

……金黄的头发，善良的目光，在阳

光金秋

我隔着左手的沙丘，右手你的口袋

看见你如海水般澄静的微笑，焰

火泛滥，命运又一次为我留下：

金丝雀的步履，锁到浅水墓地

日月轻抚之间

——我隔着苇莎的你啊！

那天，焰火泛滥，我能触摸到你们瞳

黄金的广阔未知坑——

那些锁着下的睡眠，淡淡的，含

义着我的哀愁

那些吸纳了阿兰和同志的爱

沙沙，沙沙地，连起无边寂静的爱

如果哀伤也是一团火

青蓝格格

青蓝格格(1974~)，
女，内蒙古人。中国
作家协会会员。全国
公安文联签约作家。
2011年参加《诗刊》
社第二十七届"青春
诗会"。鲁迅文学院第
三十六届高研班学员。
作品散见《人民文学》
《中国作家》《诗刊》
等多种报刊及年度选
本。著有诗集《如果
是琥珀》《石头里的教
堂》《预审笔记》。

如果哀伤也是一团火，
那么只有哀伤才能将它扑灭。
我看见哀伤了，它像
月亮的遗体，闯入
我，亲爱的生活。它叫我
亲爱的，放肆地叫、呢喃地叫，
仿佛我，蓝眼睛的情人，
蹂躏着我。它的
到来，总是这样，灼热。
它命令我，不要睡着，要醒着；
它祈求我，爱它时要如
一团火。有时，它也不看
我——哪怕，一瞥。
它佯装庄严，掩饰放浪；
它在花开之时，等待花落。
如果它将我与不朽
连接在一起，它就错了。
我就是一团火，
谁将我点燃，谁就得将我——
扑灭。

如果哀伤也是一团火
如果哀伤也是一团火
那只有哀伤才能将
它扑灭
它叫我执爱的
故锋地叫呢喃地叫
仿佛我蓝眼睛的情
人踩躏着我它的
到末忍是这样的
热它令令我不要

睡着它祈求我
爱它如一团火
它在闹花之时等
待花落
如果它将我与不
杉连在一起
它就错了我只是
一团火

庚子夏日　青蓝

山有木兮若我

苏 宁

苏宁（1971~ ），女，江苏淮安人。2011年参加《诗刊》社第二十七届"青春诗会"。主要作品有诗集《栖息地》，小说《地泽临》《次要经历》《客人》《生存联盟》《乡村孤儿院》《平民之城》等，散文集《消失的村庄》《我住的城市》。曾获第十一届《十月》文学奖、首届黄河文学双年奖特等奖、江苏省第四届紫金山文学奖等奖项。

山间河岸往返多年
我想我亦必有一个与草木平辈的小名

用这小名唤我的，她当年一头乌发已白
我怎样才能够让一段终将被忘掉的时光
比肉身慢一些消失于漫漫纪年

……在不会移动的人间器物，与不停流动
的光阴中
……在很多只是听凭感性召唤而没有沉思
的路口

重复古老命运的女人，那么多长夜
我手抚一切清澈的词语，比如永恒
过去的一天，一些不必记取的事件

相看多年，山有木兮若我
拱手一揖，你我同为时光中会消失的事物

山有木兮若我

苏宁

山间河岸 往返多年
我想我亦必有了与草木平擎的小名

用这小名唤我的，她当年一头乌发之貌
我这稍才能够让一段终将被遗忘的时光
比肉身悟一些消失于漫漫几年

…… 在不会移动的人间器物，与不停流动的
光阴中
…… 在很多只足以供感性命没有沉思的路口

重复古老命运的女人，别后于此
我手抚一些清澈的词语。比如永恒
过去的一天。一些不必记取的事件

相看多年。山有木兮若我
扶手揖。你我同为时光中会消失的事物

王妍丁 《2020 年的春天》
油画 30cm×40cm

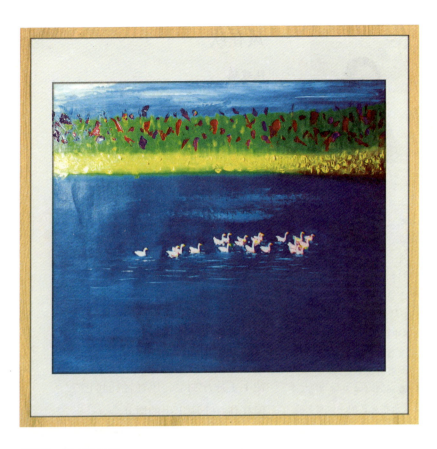

王妍丁 《遥远的记忆》
布面丙烯 50cm×60cm

风在吹

纯玻璃

纯玻璃(1971~)，女，本名汪玉萍，出生于湖北黄冈，现居北京。中国作家协会会员。2011年参加《诗刊》社第二十七届"青春诗会"。作品散见《人民日报》《诗刊》《中国艺术报》《诗歌月刊》等国内外报刊和各种诗歌选本。出版诗集《花开花谢》《活在自己的手纹里》《园》。

一个人站在午夜的寂寞广场
风从四面八方吹来，城市晃了一下

她看见白色的气球，飞进了月亮
桂枝长到地下，丛林里，女巫似睡非睡
所有的树梢向左倾斜，那时风在吹

风从很远的地方网着黑暗
迅速袭来，又缓慢散开
一紧一松之间，白色的巨鸟
褪下了片片羽毛，风轻轻托起它
像托住一个刚出生的婴儿

尖叫的风，不停地向黑暗深处滑行
它用危险的风向，让我漂浮于夜的湖上

風在吹

纯玻璃

一个人站在午夜的寂寞廣場
風從四面八方吹来，城市晃了一下

她看见白色的氣球，飛進了月亮
桂枝長到地下森林里，女巫似睡非睡
所有的樹梢向左傾斜，那時風在吹

風從很遠的地方鬥着黑暗
迅速襲来，又緩慢散開
一紧一鬆之間，白色的巨鳥
褪下了片片羽毛，風輕輕地托起它们
像托住了一个刚出生的婴兒

尖叫的風，不停地在向黑暗深處潛行
它用危險的風向，讓我飄浮於夜的湖上

清明，和父亲说话

灯 灯

灯灯（1977~ ），女，江西上饶人，现居杭州。2012年参加《诗刊》社第二十八届"青春诗会"。曾获《诗选刊》2006年度中国先锋诗歌奖、第四届叶红女性诗歌奖、第二届中国红高粱诗歌奖、第二十一届柔刚诗歌奖新人奖、2017年获华文青年诗人奖等奖项。出版个人诗集《我说嗯》《余音》等。

岩石渗出了水。忍住悲痛的叶子，长在毛
竹身上
风一吹，哭声更大了。山上，泥土有些松动
一些蚂蚁因为交通堵塞
排在了雨的后面，我为其中的一只焦急
父亲，清明了，河水无端比去年
上涨一厘米，两岸的油菜花，突然集体沉默
说不出话的花朵
和我相遇的纸钱，在不同的路口，都向我
打听
亲人的地址，仿佛我是一个
熟识者。有时我竟然忘记汇款人，出口就
报出
你的门牌号码
父亲，我是多么私心。有时我想象
你就坐在白云的摇椅上，水中，慢慢地摇
安静，安详。时光变成
你讲述的波纹，放下重量的水，变得清澈
无比——
那时我已能听懂你的语言
在我经历的春天，今天：
看见孩子们在坟头嬉闹，追着蝴蝶。

清明，和父亲说话

岩石渗出了水。忍住悲痛的叶子，长在毛竹身上
风一吹，哭声更大了。山上，泥土有些松动
一只蚂蚁因为交通堵塞
排在了雨的台面，我为其中的一只焦急
父亲，清明了。河水无端比去年
上涨一公分。两岸的油菜花，突然集体沉默
说不出花朵的话
和我相遇的拆我，在不同路口，都向我打听
亲人的地址，仿佛我是一个
熟识者。有时我竟然忘记汇款人，也顺口报出
你的门牌号码
父亲，我是多么私心。。有时我想像
你就坐在白云的摇椅上，水中，慢慢的摇
安静，安祥。时光变成
你讲述的波纹，放下重量的水，变得清澈无比——
那时我已能听懂你的语言
在我经历的春天，今天，
看见孩子们在坟头嬉闹，追着蝴蝶。

灯灯 28届青春诗会代表作品

我把颜色给了蝴蝶

唐 果

唐果（1972~ ），女，
生于四川，现居云南
昆明。出版诗合集
《我的三姐妹》(与苏
浅、李小洛合著)，独立
出版短诗精选集《给
你》，短篇小说集《女
流》，诗选集《拉链
2000—2014年诗选》。
2012年参加《诗刊》
社第二十八届"青春
诗会"。

我把颜色给了蝴蝶
香气给了麻雀
花瓣的弧形——给了雨水
留给你的，我亲爱的蜜蜂先生
就只剩花蕊了
它因含着太多的蜜而颤抖

我把颜色给了蝴蝶.

　　　　　诸野

我把颜色给了蝴蝶,
香气给了麻雀
花瓣样的孤形 —— 给了雨水
留给你的, 我亲爱的蜜蜂先生

就是荆花蕊了
它内含着太多的爱而颤抖

　　　　　诸野.
2020.7.7 于昆明.

259

父亲的帽子

莫卧儿

莫卧儿(1977~)，女，
生于四川。中国作家
协会会员，2012年参
加《诗刊》社第二十
八届"青春诗会"。著
有诗集《当泪水遇见
海水》《在我的国度》
等四部。诗歌发表于
《诗刊》《人民文学》
《星星》《扬子江诗刊》
等刊物，入选多种选
本。曾获第四届北京
文艺网国际诗歌奖、
第五届徐志摩诗歌
奖、《现代青年》年度
诗人、首届四川十大
青年诗人等奖项。有
诗歌被译介到国外。

父亲站在家门前的银桦树下
冲我挥手
树冠巨大的浓荫
就要下起一场绿雨

从古老的安宁河谷中
吹来一阵风
母亲和我眨了眨眼
睁开眼睛的时候
父亲已经挑选好
各种帽子

渔夫帽、礼帽、太阳帽
不同盈缺的月亮
从他头顶升起落下
夜色将他的眸子
渐渐包裹，看不分明

父亲就这样戴着帽子
穿行于大街小巷
身影变得越来越小
仿佛走进了帽子

空心的深处

门前的树冠不再落雨
也不常有鸟从雨中飞出

有一天风突然掀走了
父亲的帽子
醒目的银发在空中
跃动翻飞
那一瞬，仿佛新生的父亲
重返人间

父亲的帽子

莫卧儿

父亲站在家门前的银桦树下
冲我挥手
树现巨大的浓荫
就要下起一场绿雨

从古老的安宁河谷中
吹来一阵风
母亲和我眨了眨眼
睁开眼睛的时候
父亲已经挑选好
各种帽子

渔夫帽、礼帽、太阳帽
不同盈缺的月亮
从他头顶升起落下
夜色将他的身子
渐渐包裹，看不分明

父亲就这样戴着帽子
穿行于大街小巷
身影变得越来越小
仿佛走进了帽子
空心的深处

门前的树桠不再落雨
也不常有乌鸦种飞出

有一天风突然掀走了
父亲的帽子
醒目的银发在空中
跃动翻飞
那一瞬，仿佛新生的父亲
重返人间

活 着

天 天

天天（1976～），女，本名黄学红，安徽滁州人。中国作家协会会员。安徽省文学院签约作家。2012年参加《诗刊》社第二十八届"青春诗会"。曾获安徽文学奖。著有诗集《炼巫术》《时光站台》。

我承认，每一个晨昏都是寂寥的。
天地广阔，而人群忧伤，
这些年，我用活着向生活一点点靠近。
多么好，即使我走过的街道没有喧闹，
即使我爱过的人舍下了往昔……
尘世是一面被缝补过的镜子，
那裂痕曾经波涛汹涌，
那碎过的心安详如昨。

我忍不住轻轻啜泣，为我道别过的，
窗口，落日与秋霜。
活着多么不易，当万物弯下了脊背，
当山河耸动，苍松闲云终于慢慢垂落。
太多的感慨，我如何才能告诉世人，
我是时光深处的光和影，
是欲望的悬崖边苦苦挣扎的浪荡子。

我用活着让岁月从身上平静地走过，
直到光阴一寸寸柔软下来。
院落多安静，我亲手织成的夜晚正沉沉睡去，
而心底的悲喜依然在慢慢生长。

活着

夭夭

我承认，每一个晨昏都是寂寥的
天地辽阔 而人群忙乱
这些年 我用生活葬送自己
这多么好 即使我走过的街道没有喧闹
即使被爱过的人舍下了往昔……

我忍不住轻轻啜泣，为我道别过的
窗口，落日与秋霜
活着多么好 当万物弯下了脊背
当山河弩动，苍松闲云慢慢垂落
我该如何告诉世人
我是时光深处的光和影
是绝望的悬崖边 苦苦挣扎的浪荡子

岁月从身上平静地走过
直到光阴一寸寸裹挟下来
阮籍多庄静，我亲手绣成的夜晚 正渐渐睡去
而心底的悲喜依然在慢慢生长

2012年青春诗会作品

照 片

唐小米

唐小米（1972~ ），女，现居河北唐山。中国作家协会会员。2012年参加《诗刊》社第二十八届"青春诗会"。诗歌在《诗刊》《十月》等刊物发表，入选多项诗歌年度选本。著有诗集《距离》《白纸的光芒》。曾获2011年中国年度先锋诗歌奖、第二届河北诗人奖等奖项。

坐在上面的人
脸色暗黄，笑容越来越浅
这是很多年前的事了
我看到河水依旧自西向东
缓缓地流。好像安静出自我的想象
而她们的内心
停留着一条鱼搅起的涟漪。
现在，我的浪大过她们
在天黑之前
我要回到照片里
回到安静的西固河

照 片

唐小米

坐在上面的人脸色蜡黄
笑容越来越浅
也是很多年前的事了
我看到河水仍旧自西向东
缓缓地流。好象走静出目
泰而趋象
而她们的内心
停留着一条鱼搅起的涟漪
现在，我们长大离她们
在天黑之前
我要回到照片里
回到安静的 西固河

空 宅

翩然落梅

翩然落梅(1973~)，女，原名崔宝珠，河南睢县人。作品散见于国内诗歌刊物，并被收入多种诗歌选本。2012年参加《诗刊》社第二十八届"青春诗会"，鲁迅文学院第三十一届高研班学员。

昏朦时沿四壁散步，有时
我会偶然蹀入自己体内。是的
她现在是，一座空宅
门锁锈了，院子里仍开着执拗的白花

哦，曾有哪年的细雨落下
墙外，沿碎石砌成的巷弄，也曾有人
唱着歌行过。一些身影晃动
在我心房的小窗外面

而我的寺庙紧闭，一些打不破的
戒律，依然深藏。多年来我困于此
又安于此。且看庙门外的青松
自我的荆冠，仍孤悬其上

空宅之空，仍终有一根绞索
在为我而待。多年来
我潜心于荒芜之术的身体，
转身拒绝了灵魂的和解。

空宅

/ 翩然落梅

昏睡时沿回壁散步. 有时
我会偶然步入八月的… 是的
地现在还. 一座空宅
门锁锈了. 院子里还开着细细的白花

哦. 曾有哪年的细雨落下
墙外. 沿碎石砌成的老巷 也曾有人
唱着歌行过. 一些身影晃动
在我心房的小窗小门

而我的手在坚闭. 一些打不碎的戒律
依然深戒. 多年来我困于此
又安于此. 且看庙门前的青苔
自我的荆冠. 仍孤悬其上

空宅之空. 仍终有一根绳索
在为我向寺. 多年来
我潜心于荒芜之木的身体
转身拒绝了泉水退…和两年

2012. 青岩诗全

这便是爱

离 离

离离(1978~),女,
本名李丽,出生于甘
肃通渭。中国作家协
会会员。2013年参加
《诗刊》社第二十九届
"青春诗会"。两次入
选"甘肃诗歌八骏"。
获2013年《诗刊》年
度青年诗歌奖、2014
年度华文青年诗人奖、
《飞天》十年文学奖、
第二届李杜诗歌奖新
锐奖等奖项。出版诗
集四部。

还是那张床
只是换了新的床单和被套
还是那间屋子,地面被反复
扫过,甚至看不见
一根掉下的
白发丝
光从窗口涌进来
照见的
还是两个人
一个70岁,在轻轻拭擦桌子
另一个,在桌子上的相框里
听她反反复复
絮叨

这便是爱

乔乔

还是那张床，只是换了新的

床单和枕套

还是那间屋子，他们反反复复

打扫过，君子高不见

一根掉下的

头发丝

光从窗口涌进来

照见他

还是两个人

一个70岁，在轻轻拭擦桌子

另一个，在桌子上的相框里

听他反反复复

絮叨

诉诸同情

桑 子

桑子（1975~ ），女，浙江绍兴人。中国作家协会会员。2013年参加《诗刊》社第二十九届"青春诗会"。著有《栖真之地》《德克萨斯》等诗集和长篇小说十余部，获第七届扬子江诗学奖、第二届李白诗歌奖·提名奖、第十二届滇池文学奖、储吉旺文学奖等奖项。

牧草在阳光下泛着金色的光泽
它让我想起母亲　那都图的女王
曾享受着至高的荣耀
而我的敏锐让我吃惊　终于明白
生活是建立在记忆力的破坏之上

我已长时间没嗅到丰沛的水汽了
黄蜂的嗡鸣让我失去了耐心
我的上颌骨像要脱臼
我得全神贯注思考一些问题
这样看上去更有修养

假如这世上有重逢
它一定得像个意外
我得朝相反的方向走去
我说的是　整个世界都在逃脱
我相信自己的感觉
不用费神就可以知晓
那都图离我愈来愈远

我绝不孤独　只有太阳才寂寞
我一直感觉背上有两个太阳

我知道有一个是假的

这些事马蝇不知道　酢浆草也不知道

我有时候怀疑这草原也是虚构的

只是我想象力的创造

1804 年　我喜欢设定时间

死掉的翅虫蛹　干瘪的蛤蟆

成了我丰盛的晚餐

我望着将要坠落的夕阳　无比安慰

是的　我们诉诸同情的方法不能一成不变

诉诸同情

栗子

牧草在阳光下泛着金色的光泽
它让我想起田野　那辽阔的绿色
曾享受着至高的荣耀
而那的敏锐让我明白〔自于明白
生活是建立在□□力□坏之上的

我很长时间没有感到生活的永恒了
黄蜂的嗡鸣让我失去耐心
我的上颌骨〔需要瞌睡
我得全神贯注思考一些问题
这样看上去更有修养

假如这也上不重逢
它一定得〔要个意□一
我得朝相反的方向走去
我发现是　整个世界都在
逃跑

我相信自己的感觉
不同意神飞可以判断
那阁高我怎么能达

我怕不孤独失 这太阳才寂寞
我一直感觉背上有两个太阳
我知道有一个是假的
这些事马蝇不知道　哗啦草也
不知道
我有时候可以关了这草原也随便抽的
只是我想家乡的创造

1804年 我喜欢没主时间
而抱军的趣对出出啊 干燥的哈哈笑
我了 我本势的吸管
我望着有样要跪着的夕阳 天也
安慰
是的 我们诉说同情的方式
不能一成不变
　　　　　　　2012年10月

李成恩 《荔枝禅画》
水墨画 68cm×68cm

李成恩 《一石二鸟》
水墨画 68cm×68cm

鱼不能飞起来却爱上了天空

田 暖

田暖（1976～ ），女，本名田晓琳。中国作家协会会员，山东省作家协会签约作家。2013年参加《诗刊》社第二十九届"青春诗会"。诗歌见于《诗刊》《新华文摘》等，入选多种年选。著有诗集《如果暖》《这是世界的哪里》《万物闪耀》等。曾获第四届中国红高粱诗歌奖、第四届叶圣陶教师文学奖、山东省作家协会纪念改革开放40周年主题文学征文活动诗歌类一等奖等奖项。

给灰尘一个去处，给鞋子一个家……
这是我每天都在重复的事情

我的梦多年前就被一个孩子盗走
现实的栅栏引领着，这个生活的仆人

上天赐赠的盐巴，一部分撒在了锅里
一部分存在眼窝，涌向泪腺的海

你看我不停地向滚滚汤水添着佐料：
辣子，酸奶，甜菜，酒精，净水……

却止不住对扑面袭人的花粉过敏，感冒
这是一百平方米之外，遍地攀开惑媚的蔷薇毒

——这安娜搭乘的精神号逃亡飞车
扑簌簌落着花粉，正把我运向更久远的秘境？

而栅栏之内，一些影子叠加的小人儿让你
越来越重
直到你完全丧失了自己，鱼不能飞起来却
爱上了天空

鱼不能飞起来却爱上了天空

田暖

给灰尘一个去处，给鞋子一个家……
这是我每天都在重复的事情

我的梦多年前就被一个孩子盗走
现实的栅栏引领着，这个生活的仆人

上天赐赠的盐巴，一部分洒在了锅里
一部分洒在左眼窝，涌向泪腺的海

你看我不停的向滚滚汤水添着佐料：
辣子，酸奶，甜菜，酒精，净水……

都止不住对扑面袭人的花粉过敏，感冒
这是一百平方之外，遍地争开盏媚的蔷薇毒

——这宛娜搭乘的精神号逃亡飞车
扑簌簌落着花粉，正把我运向更久远的秘境？

而栅栏之内，一些影子叠加的小人儿让你越来越重
直到你完全丧失了自己，鱼不能飞起来却爱上了天空

（首发于《诗刊》2013年12月上半月刊）

279

寻 鹤

冯 娜

冯娜（1985~ ），女，
白族，出生于云南丽
江。中国作家协会会
员，广东文学院签约
作家。著有《无数灯
火选中的夜》《寻鹤》
等诗文集多部。作品
被译为英语、俄语、
韩语等。2013年参加
《诗刊》社第二十九届
"青春诗会"。曾获中
国少数民族文学骏马
奖、华文青年诗人奖、
广东省鲁迅文学艺术
奖等多种奖项。

牛羊藏在草原的阴影中
巴音布鲁克　我遇见一个养鹤的人
他有长喙一般的脖颈
断翅一般的腔调
鹤群掏空落在水面的九个太阳
他让我觉得草原应该另有模样

黄昏轻易纵容了辽阔
我等待着鹤群从他的袍袖中飞起
我祈愿天空落下另一个我
她有狭窄的脸庞　瘦细的脚踝
与养鹤人相爱　厌弃　痴缠
四野茫茫　她有一百零八种躲藏的途径
养鹤人只需一种寻找的方法：
在巴音布鲁克
被他抚摸过的鹤　都必将在夜里归巢

寻鹤

半藏在草原的阴影里
巴音布鲁克 我遇见一个养鹤的人
他有大象一般的胯硕
断翅一般的腔洞
鹤群掏空悬在水面的九个太阳
他让我觉得草原应该另有模样

黄昏轻易纵容了辽阔
我等待着鹤群从他的袍袖中飞起
我祈愿天空落下另一个我
她有狭窄的脸庞 瘦细的脚踝
与养鹤人相爱 飞奔 瘫痪
四野茫茫 她有一百零八种躲藏的途径
养鹤人只有一种寻找的方法：
在巴音布鲁克
被他抚摸过的鹤 都必将入夜即归巢

海吟
2020.7
抄录

我们在拥抱什么

微雨含烟

微雨含烟（1974~　），
女，本名李维宇。出
生于辽宁铁岭。中国
作家协会会员。辽宁
省作家协会第七、十
一届签约作家。2013
年参加《诗刊》社第
二十九届"青春诗会"。
曾获辽宁文学奖诗歌
奖等奖项。出版诗集
《回旋》。

琴声像在包围什么
在它颤抖的音色里，太多
被忽略的东西，浮现出来
引起我的愧疚
很多事情只在开始
你回头时的眼神，最好只定格在
那时的风中，而不是穿过许多年
你已老了
眼神还是当年的
这是不是有些过分？
我一再提起从前，比如去年
比如八月之前
鱼从江水里起身
鱼从船只的下面，游入它们的世界。

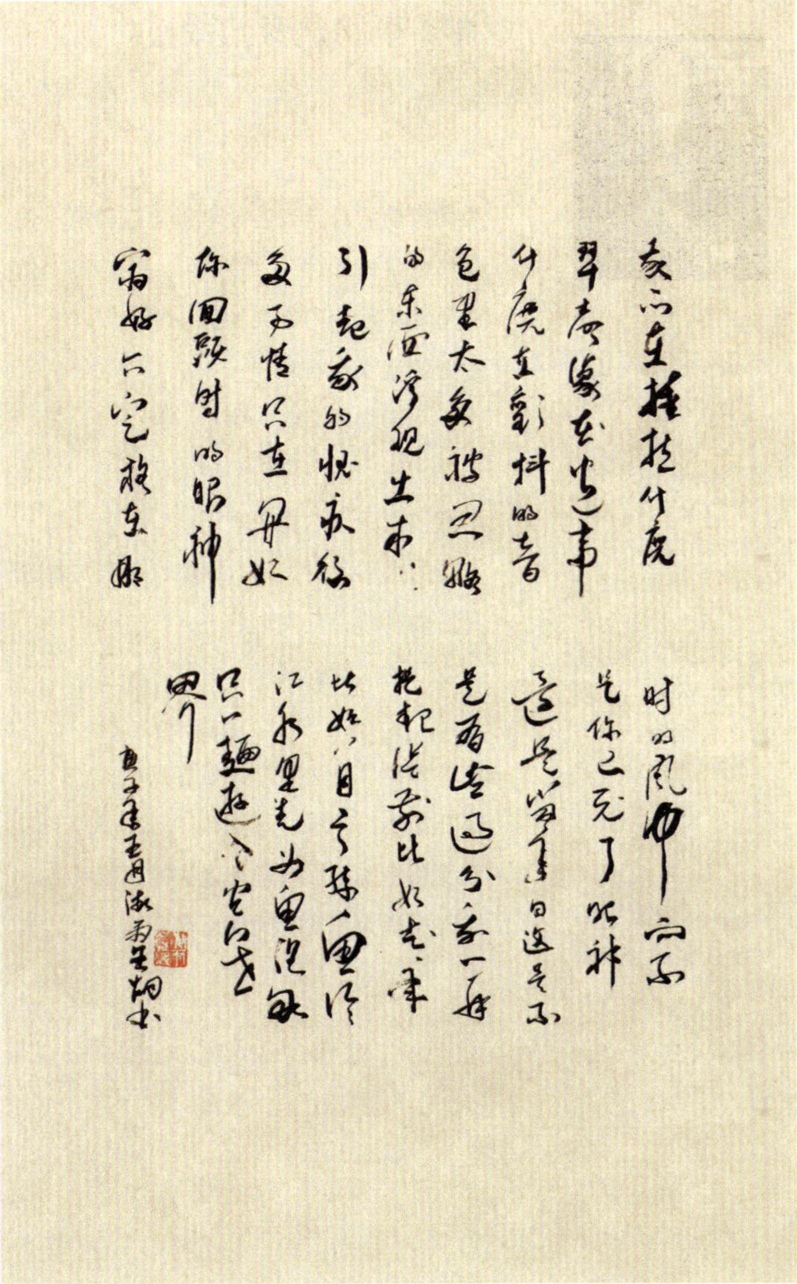

许多事物从身边经过

蓝 紫

蓝紫（1976~　），女，湖南邵阳人，现居四川达州。中国作家协会会员。任职于巴山文学院。2013年参加《诗刊》社第二十九届"青春诗会"。作品散见于《人民文学》《十月》《诗刊》《中国作家》《青年文学》《星星》等文学期刊。主要作品有诗集《低入尘埃》《别处》《与蓝紫的一场偶遇》《蓝紫十四行诗集》，诗歌评论集《疼痛诗学》《绝壁上的攀援》，诗歌摄影集《视觉的诗意》等。

照彻窗前的月亮，还是创世之初的那一轮
路过台阶的蟋蟀
还是多年前梦中走失的那一只
远处的流水和石头
在相互亲吻中完成一生

湖泊端着四平八稳的镜子
优美的水鸟凌空飞起，蝴蝶收起透明的翅膀
身后的废墟，正在形成
一个欣欣向荣的城市

许多事物从身边经过，从春到秋
花开花败，叶绿叶落
而我总是偏爱那些逐渐老去的事物
或许只是为了从时间那里得到更多

许多事物 从身边经过.

蓝紫

照彻窗前的月亮，还是别处的那一轮.
路过台阶的蟋蟀声
还是多年前梦中走失的那一只
远处的流水和石头
在相互寻问中度过一生.

湖泊端着四平八稳的镜子
优美的水鸟凌空飞起，蝴蝶的超透明的翅膀
身后的废塘，正在削成
一个欣欣向荣的城市

许多事物从身边经过，从春到秋
花开花败，叶落叶绿
而我总是偏爱那些逐渐走失的事物
或许只是为了从时间那里得到更多

《戴山诗刊》2013年12月上半月"青春诗会专号"

清　晨

玉　珍

玉珍（1990~　），女，生于湖南炎陵。创作以诗歌为主，兼作随笔、小说。2014年参加《诗刊》社第三十届"青春诗会"。作品见《人民文学》《十月》《花城》《作家》《诗刊》《长江文艺》《青年文学》《汉诗》等刊物。出版诗集《燃烧》等。

我渴望美与伤痛的协调
玫瑰与荆棘，懂得相敬如宾
准备好白润的牛奶
滴入栀子叶上新鲜的露珠
准备好将木桶装入初阳
秋千上挂着藤萝花

我认为活着应该美好而生命
将同我一样善良
爱情，这神圣的事物
需要耐心与天真，我几乎看见
在最远的地方，站着最近的你

一天就要开始了
这新鲜让你永不老去

清晨

我渴望美……你……
……
……洞……
……新鲜……
准备……摘……
……藤……花

我……着……如……生命
……我……
……
……
……

一天……了
……新鲜……你……不……去

2020.4.4

287

女人，抑或万物静谧

吉 尔

吉尔（1979～），女，本名黄凤莲，祖籍山东德州，现居新疆阿克苏地区库车市。中国作家协会会员。2014年参加《诗刊》社第三十届"青春诗会"。作品见于《诗刊》《星星》《中国诗歌》《诗探索》《诗选刊》《扬子江诗刊》等，并收录于十多种年度选本。出版诗集《世界知道我们》。获首届"诗探索·中国春泥诗歌奖"。

深夜用体温爱一个女人
爱她的偏执、信仰、暴雨和疯狂
她常常手脚冰凉。用词语取暖
拆分、组合。把珍珠和贝壳串成海水

她常常独对夜空，拽着时间的衣襟
看着剧本日渐荒芜，如同死去的尼雅

统治一个夜晚——
她从来就是个倔强的女人
骨子里流着苦难的血，她爱这个世界
爱她皮肤下的伤痕，那些街头小贩
钢镚里的生活

夜晚越来越短，她写得越来越慢
直到多种身份在她身上和解
直到雪豹和女人
住在同一具身体。她饮下黑暗
——夜晚明亮，万物静谧

女人，抑或万物静谧

吉尔

深夜 用体温爱一个女人
爱她的偏执、忧伤，暴雨和疯狂
她常常手脚冰凉。用词语取暖
撕分、组合。把珍珠和贝壳串成海水

她常常抬对夜空，找寻时间的夜衣裳，
看看是小木日渐荒凉，如同死去的尼雅

我爱一个夜晚 ——
她从来就是个倔强的女人
骨子里流着茂又难的血，她爱过了世界
爱她的月光下的房屋、那些街头小妓
钢轨里的生活

夜晚走得越来越轻，她爱的越来越慢
直到雪豹和女人
住在同一具身体。她饮下黑暗
—— 夜晚时暗，万物静谧

写于2014年 抄于2020年6月

青鸾舞镜

张巧慧

张巧慧(1978~),女,浙江慈溪人。中国作家协会会员。2014年参加《诗刊》社第三十届"青春诗会"、第八次全国青年作家创作会。获2015年度华文青年诗人奖、於梨华青年文学奖、储吉旺文学奖、三毛散文奖等奖项。入选"新锐女诗人二十家"。出版作品五部,作品见于《人民文学》《诗刊》等几十种文学刊物及年度选本。

我曾拓过一枚汉镜,浮雕与铭字
已残缺
——那只青鸾去了哪里?
愈来愈偏爱这些无用之物,聊以打发时光
打发平滑的镜面般的生活

——是谁的镜像?

镜中妇人面容模糊
但孤独
那么清晰
穿白衬衣的女孩在自拍
她尚未意识到
青春是一种资本
也未曾听过青鸾舞镜

我曾拓過一枚漢鏡

浮雕與銘字　已殘缺

那隻青鸞去了哪裏

愈來愈偏愛這些無用之物

聊以打發時光

打發平滑的鏡面般的生活

是誰的鏡像

鏡中婦人面容模糊

但孤獨

那么清晰

穿白衬衣的女孩在自拍

她尚未意識到

青春是一種資本

也未曾聽過青鸞舞鏡

庚子五月　張巧慧

291

刘畅 《穿红裙的自画像》
油画 38cm×38cm

唐小米　《塞罕坝的秋天》
布面油画　30cm×40cm

她没遇见棕色的马

杜绿绿

杜绿绿（1979~ ），女，原名杜凌云，出生于安徽合肥，现居广州。诗人。2014年参加《诗刊》社第三十届"青春诗会"。出版诗集有《近似》《冒险岛》《她没遇见棕色的马》《我们来谈谈合适的火苗》等。曾获《十月》诗歌奖等奖项。

女人老了，
但是没有棕马驮她回家。
她在树下刷马鞍
像是明天就要出发。
谁都以为她要走了，她也这么打算。

如果回家的小径从密林里显现，
走回去也可以，
她不在乎路途遥远。
如果什么也没有出现，
丛林深处，
黑夜还是黑夜
她在无穷的虚空里刷马鞍。

早上好。
她对着月亮叫起来。

她没遇见棕色的马

女人老了，
但是没有棕马驮她回家。
她在树下刷马鞍
像是明天就要出发。
谁都以为她要走了，她也这么打算。

如果回家的小径从密林里显现，
走回去也可以，
她不在乎路途遥远。
如果什么也没有出现，
丛林深处，
黑夜还是黑夜，
她在无穷的虚空里刷马鞍。

早上好。
她对着月亮叫起来。

杜绿绿 2014.

海明威之吻（片断）

戴潍娜

戴潍娜（1985~），女，江苏南通人。毕业于牛津大学。杜克大学访问学者。出版诗集《我的降落伞坏了》《灵魂体操》《面盾》等，文论《未完成的悲剧——周作人与霭理士》，翻译有《天鹅绒监狱》等。自编自导戏剧《侵犯》。主编杂志《光年》。出版英文诗集《用蜗牛周游世界的速度爱你》。荣获2014中国·星星年度诗人奖。诗评家奖年度大学生诗人奖、2017太平洋国际诗歌奖年度诗人奖、2018海子诗歌奖提名奖等奖项。

他们不想去碰，不想去碰那座大海
可还是挡不住带血的羽毛粘上外套
这是三十三岁的男人和临近三十岁的女人
每一天，他们还试图在彼此身上创造悬崖

《海明威之吻》片断

他们不想去雄，不想去雄都在大遍

可还是将不合常血的羽毛染上外套

这是三十岁的男人和临近三十岁的女人

未来，他们正试图在彼此身上创造慈差

2018.1.17

297

爱

白 月

白月（1975～　），女，现居重庆。中国作家协会会员。曾出席全国第七届青创会。2015年参加《诗刊》社第三十一届"青春诗会"。鲁迅文学院第三十一届青年作家高研班学员。著有诗集《白色》《天真》《亲密》。

爱
像外语
需要你翻译
气息中国味一样浓
热爱爱
她是你的祖国

爱

像外语。
需要你翻译
气息中国味一样浓。

热爱爱。
她是你的祖国。

明

祁连山

武强华

武强华(1978~)，女，甘肃张掖人。中国作家协会会员。有作品发表于《人民文学》《诗刊》《星星》《诗探索》《飞天》等刊物，并入选多种诗歌选本。2015年参加《诗刊》社第三十一届"青春诗会"。入选"第三届甘肃诗歌八骏"。获《人民文学》2014青年作家年度表现奖、《诗刊》社2014年度发现新锐奖、2016年度华文青年诗人奖、首届李杜诗歌奖新锐奖等奖项。出版诗集《北纬38°》。

雪，白过它自己的骨头了
白得整座山看起来只有骨头
没有肉。肉藏在野牦牛的身上
它秘密地穿过山谷时，站在山坡上的那个人
嗅到了山的香味。据说
他三岁时就嗅到过同样的味道
现在他十七岁，像豹子一样
已经不能再等了

祁连山

武强华

雪，白过它自己的骨头了
白得整座山看起来只有骨头
没有肉。肉藏在野牦牛的身上
它秘密地穿过山谷时
站在山坡上的那个人
嗅到了山的香味。据说
他三岁时就嗅到过同样的味道
现在他十七岁，像豹子一样
已经不能再等了

光 阴

秋 水

秋水（1977～　），女，祖籍江苏无锡，生于吉林长春。诗歌、散文散见各文学期刊及综合期刊，并入选多家年度选本。2015年参加《诗刊》社第三十一届"青春诗会"。鲁迅文学院第三十一届高研班学员。曾获第二届福州市茉莉花文艺奖等奖项。著有诗集《有时只是瞬间》。

光阴，围着时钟的花蕊飞旋。
不厌其烦，也从不显露出疲惫。
在一切事物都遁入因果纠缠之时，
它依旧如此从容。

像历经千年而来的《长恨歌》，
多情又无动于衷。而这与我被迫的人生
全无暗合。我和众人一样，在它的掌心，
一边挣扎绽放，一边迎接凋零。

不远处的墓志铭，静坐成
一棵树的模样。风来时，它隐约说，
"孩子，时光如箭啊"，
"是，箭箭穿心"。

走阴

作者：秋水

走阴，围着时钟的花蕊飞旋，
不厌其烦，也从不显露出疲惫。
在一切事物都进入困顿纠缠之时，
它依旧如此从容。

像历经千年而来的《长恨歌》，
多情又无动于衷。而这与我被迫的人生
全无暗含。我和众人一样，在它的掌心，
一边挣扎绽放，一边迎接凋零。

不远处，墓志铭静坐成
一棵树的模样。风来时，它隐约说，
"孩子，时光如箭啊"，
"是，箭··穿心··"。

后　院

钱利娜

钱利娜(1979~)，女，
浙江宁波人。2015年
参加《诗刊》社第三
十一届"青春诗会"。
出版诗集《离开》《我
的丝竹是疼痛》《胡
不归》《落叶志》，长
篇非虚构作品《一个
都不放弃》。两次获
得浙江省青年文学之
星优秀作品奖和首届
《人民文学》新人奖、
浙江省优秀文学作品
奖、於梨华青年文学
奖大奖等奖项。

蓖麻树上黑色的种子
埋藏着十岁少女的黑眼睛
叶上的反光，与眼中
偶尔扑腾的明亮，来自同一种自然法则

一颗颗小芽，抽出最初的爱恨
它摇摆新绿的旗帜，成就了我和蓖麻树
向阳生长的姿势

在后院，还有生我的母亲
给母鸡喂食泥鳅，让它们无需爱情
就生殖

但花裙下的十岁
对父辈肉体的忧伤和局限
一无所知

后院

戴珈娜

蓖麻树上黑色的种子
埋藏着十岁少女的黑眼睛
叶上的反光，与眼中
偶尔扑腾的明亮，来自冥冥中自然法则

一颗颗小菜，抽出最初的爱恨
它摇摆新绿的旗帜，成就了我和蓖麻树
向阳生长的姿势

在后院，还有生我的母亲
给母鸡喂食泥鳅，让它们无须爱情
就生殖

但花裙下的十岁
对父辈肉体的伤痕和局限
一无所知

——发表于《诗刊》2015.5下

枯山水

袁绍珊

袁绍珊 (1985~)，女，生于澳门。北京大学中文及艺术双学士、多伦多大学东亚及亚太研究双硕士。2015年参加《诗刊》社第三十一届"青春诗会"。曾获《时报》文学奖新诗首奖、美国亨利·鲁斯基金会华语诗歌奖、首届《人民文学》之星诗歌大奖、澳门文学奖等奖项。已出版《爱的进化史》《太平盛世的形上流亡》等多部诗集及杂文集《喧闹的岛屿——台港澳三地文化随笔》《拱廊与灵光——澳门的120个美好角落》。

我把欲望的白砂撒在心的后庭
苔藓无花，无种子，却生育旺盛

荒唐的黑夜留下荒唐的脚印
徐徐点起暧昧的孤灯
把时间的瀑布卷成发髻
石头在正反合的辩论里滚动不息

肉眼细碎，耙出温柔的始终
山让水在哪里流淌，爱也在哪里被消耗

喜欢过无言的石灯笼
也喜欢衣领的弧度
喜欢幸福
却不渴望一座园林去供奉

唯有空间才是物的真正自由
我在尘埃里
把禅拂走

枯山水

把欲望的白砂攫去
致苔蘚無花，無蓮子，心的後庭青苔旺盛

荒涼的意象被留下
像綠鬚般逗點的孤燈的腳印
把山河的淚水捲成髮髻
石頭在正交合的辯論裡施勁不息

山的峽谷裡
溪水在峭壁裡流出溫柔的洞，愛也在哪裡被消耗

也無歡過無言的可憐
也無歡呼幸福的孤寂
卻不渴望一座園林去供奉

唯有我在空閒才是物的真正自由
把禪掃在塵埃裡走去

庚子夏
黃紀軒

西 行

臧海英

臧海英(1976~)，女，山东宁津人。2016年参加《诗刊》社第三十二届"青春诗会"。出版诗集《战栗》《出城记》。曾获华文青年诗人奖、《诗刊》"发现"新锐奖、第三届刘伯温诗歌奖、第三届李杜诗歌奖新锐奖、第三届诗探索·中国诗歌发现奖、首届山东文学奖新人奖等奖项。诗集《出城记》入选"21世纪文学之星丛书"(2016年)。

一想到死在路上
就心生悲凉

一想到身边将升起鸟鸣
而不是亲人的哭号
又心生安慰

一想到尸身将引来虫蚁
忽有一种慈祥

西行

一想到死在路上
就心生悲凉

一想到身边将牛起身鸣
而视亲人如哭嚎
又心生安慰

一想到尸身将引来虫蚁
忽有一种慈祥

2015年11月11日 藏洵英
2020年5月12日 抄录
32届青春诗会作品存档

他就是我的父亲

小 葱

小葱（1978~ ），女，本名郭靖。祖籍安徽寿县，现居河南新乡。2016年参加《诗刊》社第三十二届"青春诗会"。出版诗集《青葱》《夜鸟穿上鞋子旅行》。

神秘的光闪烁在身体里
绽放成秋夜天空。思想幼小如一粒种子
等待血液浇灌

我无法踩着眼前高大的梧桐，到月亮上
到另一个星球去
未知的遥远令人恐惧，更怕枝枝叶叶搭建
的浮梯
风一吹，就把我晃倒，坠入回忆底层

——而那个人，不曾回来过。他睡在银河
之上，静寂
如一盏灯
他创造出永恒的时间，并把它建造成宫殿
让黎明住进去

他就是我的父亲

神秘的光闪烁在身体里，
绽放成秋夜天空，思想幼小如一粒种子，
等待血液浇灌。

我无法踩着眼前高大的梧桐，到月亮上，
到另一个星球去。
未知的遥远令人恐惧，更怕枝枝叶叶搭建的浮梯。
风一吹，就把我晃倒，坠入回忆底层。

——而那个人，不曾回来过。他睡在银河之上，静寂
如一盏灯。
他创造出永恒的时间，并把它建造成宫殿，
让黎明住进去。

小惠
2020年夏于牧野

311

那一夜

林火火

林火火（1976~ ），女，江苏苏州人。2016年参加《诗刊》社第三十二届"青春诗会"。作品散见于《诗刊》《诗潮》《诗选刊》《诗歌月刊》《扬子江诗刊》《十月》《青春》等刊物。著有诗集《我热爱过的季节》。

已经是冬天了
我的身体里，依然有
无法停熄的生长与消亡
轮流当王
在一场大火面前独坐
此时应有几只不懂人间寂寥的麻雀
应和几声
语音轻微，面目模糊
如你病中所唱：
"寂寞当年箫鼓，荒烟依旧平楚"
入流水，入尘埃
我愿向泥土交还骨肉
而那一夜
应有烂醉的人
走错家门

那一夜

林火火

已经是冬天了
我的身体里，依然有
无法停熄的生长与消亡
轮流为王
在一场大火面前独坐
此时应有几只不懂人间寂寥的麻雀
应和几声
语音轻微，面目模糊
如你病中吟唱：
"寂寞当年萧鼓，荒原依旧平楚"
入流水，入尘埃
我愿向泥土交还骨肉
而那一夜
应有烂醉的人
走错家门

313

杨晓芸　《先秦蜀道古柏图Ⅰ》
生卡镜芯水墨　55cm×55cm

杨晓芸　《前秦蜀道古柏图Ⅱ》
生卡镜芯水墨　55cm×55cm

在洛古河岸

陆辉艳

陆辉艳(1981~)，女，
出生于广西灌阳。2016
年参加《诗刊》社第
三十二届"青春诗会"。
出版诗集三部。作品
散见于《十月》《青年
文学》《诗刊》《星星》
《天涯》《扬子江诗刊》
等刊物。获过一些奖
项。

捡到了玛瑙的人
在岸边发出惊呼
人群拥上去
他们的脸庞
有洛古河的蓝色和喜悦
我没有捡到玛瑙
在斑驳的石头中间
一根白骨，突兀地躺在那儿
我没有声张
甚至没有惊动一棵老鹳草

洛古河岸

捡到了玛瑙的人在岸边发出惊
呼人群涌上去他们的脸庞有洛
古河的蓝色和喜悦我没有捡到
玛瑙在斑驳的石头中间一根白
骨头安无地躺在那儿我没有声
张善至没有惊动一棵老鹳草

庚子年夏 陆辉艳

黑龙江

王　琰

王琰（1976~ ），女，祖籍辽宁沈阳，生于甘肃甘南。中国作家协会会员。2016年参加《诗刊》社第三十二届"青春诗会"。出版著作《格桑梅朵》《天地遗痕》《羊皮灯笼》《崖壁上的伽蓝》《白云深处的暮鼓晨钟》《兰州：大城无小事》《大河之城》《西梅朵合塘》《庄严的承诺》等。作品在《天涯》《散文》《诗刊》《星星》《山花》等刊物发表，并收入各种选集。曾获甘肃省敦煌文艺奖、黄河文学奖一等奖等奖项。

缓慢流淌的黑色江水
是我写给你的信
表面平静，内心汹涌
几只白色的鸥鸟省略号一般
太多要说的来不及说的话
全部随着冰雪的碎响顺流而下

鸟儿梳妆，牙格达酸甜
远处一片银色的白桦林权当嫁妆
那么，除了我的身体
还有什么可以与你分享
此时，如果黑龙江水献出一条巨大的鳇鱼
我相信会张嘴说出：我爱你

黑 龙 江

王琰

缓慢流淌的黑色江水
是我写给你的信
表面平静，内心汹涌
几只白色的鸥鸟省略号一般
太多要说的来不及说的话
全都随着冰凌的碎响顺流而下

鸟儿梳妆，牙格达酸甜
远处一片银色的白桦林权当嫁妆
那么，除了我的身体
还有什么可以与你分享
此时，如果黑龙江水献出一条巨大的鲤鱼
我相信会低嘴说出：我爱你

无法安静

肖　寒

肖寒（1978~ ），女，本名肖含。吉林梨树人。2016年参加《诗刊》社第三十二届"青春诗会"。作品散见于《人民文学》《诗刊》《作家》《诗选刊》等刊物，并入选多个年度选本。出版个人诗集三部。获第五届吉林文学奖等奖项。

我看到他，赤着脚，在海滩上踱步
海浪每扑上来一次，他就
向前一步

海风一次次吹来
每一次，都会卷走一些尘沙

他无法安静下来
他一会儿用沙子隆起土堆
一会儿又将它摧毁
每一次，都眼含热泪

无法安静

我看到他，赤着脚，在海滩上散步
海浪每冲上来一次，他就
向前一步

海风一次次吹来，
每一次，都卷走一些尘沙

他无法安静下来
他一会儿用沙子堆起十座
一会儿又将它推翻
每次，都眼含热泪

青寒
2020. 6. 4.

幻灯机

艾蔻

艾蔻(1981~），女，原名周蕾，生于新疆南部，四川人。现居河北石家庄。中国作家协会会员。2017年参加《诗刊》社第三十三届"青春诗会"。出版个人诗集《有的玩具生来就要被歌颂》《亮光歌舞团》。鲁迅文学院第三十一届中青年作家高研班学员。

天鹅浮游于湖面
起飞之前
它搅碎了自己
水中的倒影

比利牛斯山南部
鬼兰蛰伏多年
山毛榉腐叶扮演魔法师
托出丝带般的根须

鸟类将自己带往古巴
五岁的小孩望着窗外
他知道这世界
是个巨大旋转的球体

幻灯机

艾蒄

天鹅浮游于湖面
起飞之前
它摸碎了自己
水中的倒影

比利牛斯山南部
隐匿蛰伏多年
山毛榉脂叶扮演魔法师
抽出丝萃般的根须

马尔特把自己带往古巴
五岁的小孩,望着窗外
他知道这世界
是个巨大旋转的球体

蝴　蝶

段若兮

斑纹。色彩。翅翼上悬坠的风
蝴蝶闯入四月，化身为豹
雄性
嗜血。无羁。没有盟友
每一次振翅都招来花朵的箭镞

三月的牢房太暗黑了
需要蝴蝶来砸碎枷锁
蝴蝶如豹！嘶吼，四野倾斜
花朵暴动
大地呈现崩塌之美

……花朵的血液快要流干了
蝴蝶是一只充满仇恨的豹子
扛起负伤的四月
奔向酝酿之境

段若兮（1982~ ），女，甘肃人。中国作家协会会员。2017年参加《诗刊》社第三十三届"青春诗会"。出版诗集《人间烟火》《去见见你的仇人》。作品入选2017年"21世纪文学之星丛书"。鲁迅文学院第三十四届高研班学员。现就读于鲁迅文学院与北京师范大学合办研究生班。

蝴蝶

段苦今

斑纹．色彩．翅翼上悬垂山风
蝴蝶闯入四月、化身为豹
雄性。

暗血．亡羽．没有盟友
每一次振翅都招来花朵山箭镞

三月的宇宙太暗昧了
需要蝴蝶来破碎枷锁．
蝴蝶如豹、嘶叫、四野倾斜
花朵暴动、大地显现崩溃之美

……花朵山血痕快要流干了
蝴蝶是一只充满仇恨山豹子
扛起负伤山四月
奔向蝶膘之境

冬天的麻雀

纪开芹

纪开芹(1981～)，女，安徽寿县人。中国作家协会会员。作品发表于《诗刊》《解放军文艺》等刊物。2017年参加《诗刊》社第三十三届"青春诗会"。出版诗文集《修得一颗柔软之心》等四部。曾获安徽省社科奖（文学类）。安徽文学院第六届签约作家。

那么小。每只麻雀体内
都站着一个人
男的，女的，老的，少的
时间擦过它们的羽毛

冬天麻雀们在叫，替体内的那个人
在叫。欢喜时叫
悲伤时也叫
其他大多时间都是沉默的

风雪来临时，屋檐才显得温暖
麻雀们满心欢喜
也有少数几只依旧孤单
北风是巨大坟墓，吞噬它们渺小的呼唤

那么小。每只麻雀体内都站着一个人
男的，女的，老的，少的
春风不来，它们就显得无助，恓惶
黄昏时像碎屑那样飞

冬天的麻雀
纪开芹

那么小，每只麻雀体内
都站着一个人
男的，女的，老的，少的
时间擦过它们的羽毛

冬天麻雀们在叫，替体内的那个人
在叫。欢喜时叫
悲伤时也叫
其它大多时间都是沉默的

风雪来临时，屋檐才会显得温暖
麻雀们满心欢喜
也有少数几只依旧孤单
把风暴巨大放大，吞噬它们弱小的呼唤

那么小。每只麻雀体内都站着一个人
男的，女的，老的，少的
春风不来，它们就显得无助，戚惶
甚至时像碎屑那样飞

《诗刊》2011年12月
第33届"青春诗会"

走 神

庄 凌

庄凌（1991～），女，山东日照人。山东省作家协会签约作家。2017年参加《诗刊》社第三十三届"青春诗会"。曾在《人民文学》《中国作家》《钟山》等发表组诗。获2016《扬子江诗刊》年度青年诗人奖、第五届"包商银行杯"全国高校征文诗歌一等奖、第二届中国青年诗人奖、首届华语青年作家奖等奖项。出版诗集《本色》。

让月亮，照人类，也照妖精
打一个盹儿，我就被请到了天上
飞来，又飞走。而人群里
我一直是恍惚的，也是消失的
我愿意，被这个世界一点点忘记
然后又被谁突然想起

我想看看，左边有什么，右边有什么
用左边的西红柿，反对右边的小白菜
更多时候，我用左手的指甲
温暖右手里的疤痕
生活常常左顾右盼。我也会坐下来
和自己，好好谈一谈

我想学西施，还想学柳如是
英雄与小人，都踩在我的高跟鞋下
走在阴云密布的路上
我突然亮了一下

我想与一个陌生人在雨水中拥抱
交换彼此的干燥，或烘干的秘密
现在，我把异乡翻开
看一眼。像看一枚硬币的正面与反面

《走神》
庄凌

让月亮，照人类，也照妖精
打一个盹儿，我就被请到了天上
飞来，又飞去。而人群里
我一直是悔悔的，也是消失的
我愿意，被这个世界一点点忘记
然后又被谁突然想起

我想看看，左边有什么，右边有什么
问左边的雨红梅，又对右边的小白菜
更多时候，我雨去手心搓甲
温暖着手心的疤疤
生活常常无感无聊。我四会坐下来
和自己，好好说一谈

我想学西施，还想学妲己是
英雄与小人，都踩在别人高跟鞋下
走在阴森窄布的路上
我突然亮了一下

我想与一个防卫人在雨水中拥抱
交换彼此的干燥，或埂干心秘密
现在，我蒙着多重阳光
看一眼。停着一技硬而心动的反力

2020.6.8

灯　神

丫　丫

丫丫（1980~ ），女，
本名陆燕姜。中国作
家协会会员。广东文
学院签约作家。现供
职于潮州文学院。2018
年参加《诗刊》社第
三十四届"青春诗会"。
作品刊于《人民文学》
《诗刊》《星星》等国
内外报刊，入选多种
重要诗歌选本。曾获
数项诗歌奖。已出版
个人诗集《空日历》等
六部，部分作品被翻
译成英语、日语、西
班牙语、意大利语、
蒙古语等。

她拿了根绣花针，轻轻地
拨了拨灯芯——一下，两下，三下
整间屋子，不，整个世界
就开始神光满溢。所有事物，被点亮

床、梳妆台、墙角的仿真百合
窗帘、地上的灰尘，甚至
她脸上浅浅的小雀斑
便不安分地，动了起来

噔，噔，噔……她听到有人在体内
爬楼梯的声音。沿着肋骨，拾级而上
如果没有猜错，那人一定是
左手持着火把，右手拿着铁锹

微光中，一个巨大的茅塞被撬开
她脑壳里那些酸性、碱性
阳性、阴性的词，奋不顾身
冲了出来。她们手牵手，跳起火圈舞

有风吹来。火光激动了一下
像极眼前这场，不大不小的动荡

灯神

她拿了根绣花针，轻轻地
拨了拨灯芯 一下、两下、三下。
整间屋子，不，整个世界
随开松神光油灯，所有事物，被点亮。

床、梳妆台、墙角的银夜百合
窗帘、地上的灰尘，甚至
她脸上淡淡的小雀斑
便不由分地，动了起来。

噔，噔，噔……她听到有人在楼内。
他锵锵的声音，沿着肋骨，拾级而上。
如果没有猜错，那人一定是
左手持着火把，右手拿着铁锹。

微光中，一个巨大的牙齿被掀开
她脑亮里那些酸性、碱性
阳性、阴性的阁，奋不顾身
冲了出来，她们手牵手，跳起火圈舞。

有风吹来，火光激动了一下。
继粗眼前定了，不大不小的动荡。

2020年初夏
于广西·潞州文学院

花语 《暮色》
布面丙烯　40cm×40cm

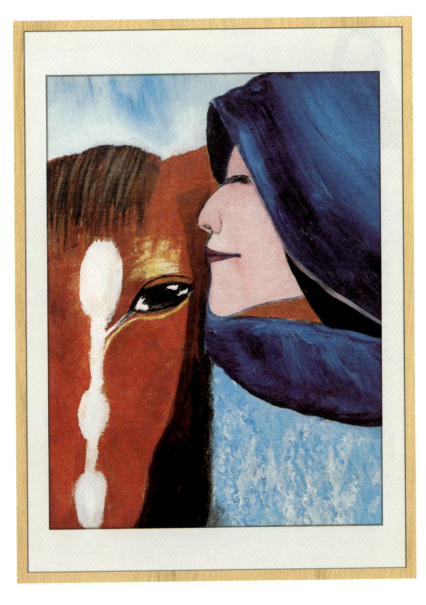

花语 《爱》
布面丙烯 40cm×40cm

山岗上

吕 达

吕达（1989~ ），女，生于安徽太湖。2018年参加《诗刊》社第三十四届"青春诗会"。作品散见于各文学期刊和网络平台。著有诗集《伊甸园纪事》。

在家乡的山岗上
我是零零碎碎的天才
爱上了零零碎碎的人间
野花漫山开放
我是其中一朵

等到白雪覆盖大地
在他乡的山岗上
到处都有人传唱我的诗篇

山岗上

在家乡的山岗上
我是零零碎碎的天才
踏上了零零碎碎的人间
野花漫山开放
我是其中一朵

等到白雪覆盖大地
在他乡的山岗上
到处都有人传唱我的诗篇

吕进

335

汤匙赋

余 真

余真 (1998~)，女，
生于重庆江津，现居
深圳。2018年参加
《诗刊》社第三十四届
"青春诗会"。作品见
于《诗刊》《星星》《诗
歌月刊》《长江文艺》
《花城》《中国校园文
学》等刊物。曾获第
一届大江南北新青年
诗人奖(2016)、陈子
昂青年诗人奖(2017)
等奖项。作品入选多
种选本。出版个人诗
集《小叶榕》。

饱满的汤匙，你是栽入池中的扁舟
他们用利剑形容你英勇之状。站在扁舟上
的人
你不舍地挂在水池边缘，这钝剑的边缘
年幼的浣衣女，发如水藻。日日进献着倒影，
我们
看不到锦鲤在穹宇仰泳，天空失去了水底
的一切
这像你从汤匙背部、镜子棱角，给我的
迂回光影。这规则的四周，凹凸有致的光影
在汤匙的战栗中波折了数次，拒绝形成
钢化膜一样的裂纹。这不具边缘的
创伤。垂钓的人，他在等水面平静的时候
掀起这块殓布，如果有幸，悉知一个人的
无憾
从他头重脚轻的身姿上，看到他红锈斑斑、
疮痍满目

汤匙赋

饱满的汤匙，你是载入池中的扁舟
他们用利剑形容你真实之状。站在扁舟上的人
你不会地挂在水池边缘，这钝剑乃边缘人
每切如波浪又，发也永操。日华进献着倒影我们
看不到玻璃在窗前仰泳。天空失去了水底已一切
这像你人汤匙背部、镜子接角，给我以
道白光影。这规则的四周，四处有玻璃的光影
在汤匙的敷果中迸打了敷次，拒绝形城
细化膜有的缝纹。达现迎缘以
刻纹。重约的人，他和等小亚子毒听的时候
抓起迫极碎而，有弄悉次一个人的无懒，
从他沉重脚轻的身姿上，看到他记绿政地的宛候诸月

　　　　　　　　　　　二零二零年七月九日 余真

是悲伤的人……

夏 午

夏午（1980～ ），女，生于安徽庐江，现居上海。2018年参加《诗刊》社第三十四届"青春诗会"。出版诗集《花香滂沱》。曾获上海市民诗歌节新锐诗人奖、安徽诗歌奖新锐诗人奖、《人民文学》诗歌奖年度新锐奖等奖项。

是悲伤的人凌晨醒来，对
水中的明月失去等待的热情

是饮下太多冰水的心，对大时代的齿轮
生出无法自拔的，深深的凉意

是你没有说出的，那阴影
遮蔽了白昼，那光亮

是脆弱的牙齿，啃啮着骨骼里的黄金
是不能推倒重来的一生啊，一直病着

却从未能治愈。是这一刻
悲伤的人醒得太早，你穿错了鞋子坐在路
边等待

而那将要到来的
"不是爱"，是水中的明月

是悲伤的人 ......

是悲伤的人凌晨醒来。对
水中的明月失去等待的热情

是饮下太多冰水的心，对大时代的齿轮
生出无法自拔的，深深的凉意。

是你没有说出的，那阴影
遮蔽了白昼，那光亮

是脆弱的牙齿，啃噬着骨骼里的黄金
是不能推倒重来的一生，除了患病就是治病

却从未痊愈。是这一刻
悲伤的人醒得太早，你穿错了鞋子坐在路边

而那将要到来的
"不是爱"，是水中的明月

夏午诗抄
2020 07 18

339

深处的爱都是很苦的

康 雪

康雪(1990~), 女,
常用笔名夕染, 湖南
新化人, 现居湖南益
阳。2018年参加《诗
刊》社第三十四届"青
春诗会"。作品发表
于《人民文学》《十月》
《诗刊》《花城》等刊
物。出版诗集《回到
一朵苹果花上》。

一只蜜蜂告诉我它最喜欢的花
就要开了
这一生何其美好

我美丽而纤弱的邻居, 在白昼采蜜
我美丽而纤弱的婴儿
正在用第一颗洁白的乳牙
在黑夜采蜜

月光从她的边缘分走一点甜
我却想从她的深渊, 分走所有的苦

深处的爱都是苦的

一只蜜蜂告诉我它最喜欢的花 就要开了

这一生何其美好

我美丽而纤弱的邻居，在囱窗采蜜 我美丽而纤弱的婴儿

正在用第一颗洁白的乳牙在黑夜采蜜

月光以她的边缘分走一点甜

我却想从她的深渊，分走所有的苦。

二零零年肖月二十三日 吴凡代姜康宣美写

在生命的镜像中

缎轻轻

缎轻轻(1983~),女,原名王风。生于皖南,定居上海。中国作家协会会员。2018年参加《诗刊》社第三十四届"青春诗会"。自幼喜爱写诗,14岁始于《儿童文学》发表散文、诗歌。目前诗歌、散文散见于《诗刊》《十月》《星星》《扬子江诗刊》《作品》《草堂》《青春》《诗歌月刊》等刊物。著文集《一人分饰两角》、诗集《心如猎犬》。

我有许多喜悦的日子在生命的镜像中
镜花啊水月,我是那只捞圆月的猴子

月亮有时并不完整
湖面的平静不容我手指触碰

在生命的镜像中

我有许多喜悦的日子在生命的镜像中

镜花啊水月，我是那只捞圆月的猴子。

月亮有时并不完整

湖面的平静不容丰年指的触碰

2019. 5. 14.

343

如 果

熊 曼

熊曼（1986~ ），女，湖北蕲春人，现居湖北武汉。有诗歌发表于《诗刊》《人民文学》《长江文艺》《扬子江诗刊》《星星》《草堂》等刊物。2018年参加《诗刊》社第三十四届"青春诗会"。曾获首届"诗同仁"年度诗人奖、第四届中国青年诗人奖。出版诗集《少女和理发师》。

如果你有过这样一位小学老师
他瘦削，温和。穿着整洁的旧衣裳

曾用矜持的手，抚过你的额头
令你止住哭泣。教你写字，读诗

在午后拉起二胡，琴声溅落在池塘的水面上
在多年后的今天，依然击中了你

如果你抬头，看到太阳又新鲜又陈旧
照耀着堂前草，年幼的心滋生了莫名的忧伤

如果你忘了他的名字，但不能阻止他的影子
在眼前摇晃，像路旁的树枝

如果……请立即动身，去寻找他吧
即使他已离开人世

如果 （慈爱）

如果你有过这样一位小学老师
他瘦削，温和。穿着整洁的粗衣裳

曾用粉笔的手，抚过你的额头
在作业上作笑谈。教你写字，读诗

在午后拉起二胡，琴声溅落在池塘的水面上
在多年后的今天，依然击中了你

如果你抬头，看到太阳又新鲜又陈旧
照耀着堂前草，年幼的心滋生了莫名的忧伤

如果你忘了他的名字，但不能阻止他的影子
在眼前摇晃，像路旁的树枝

如果……请立即动身，去寻找他吧
即使他已离开人世

（原刊于《诗刊》2018年12月号上半月刊"青春诗会"专号）

雨 夜

吴素贞

吴素贞(1981~),女,江西金溪人。中国作家协会会员。2019年参加《诗刊》社第三十五届"青春诗会"。组诗见《诗刊》《十月》《草堂》《扬子江诗刊》《星星诗刊》《山花》《中国诗歌》等刊物。曾获2019江西省年度诗人奖、泸州老窖举办的第三届国际诗酒文化大会"诗意浓香"征文现代诗(社会组)银奖等全国诗歌大赛奖项,入选各类年度诗歌选本。著有个人诗集《未完的旅途》《见蝴蝶》《养一只虎》、英译集《吴素贞的诗》。

橱窗玻璃再一次阻隔了他
只有影子挤了进去。踮起的脚跟
带来比天幕更深的黑
街道暗沉如甬道
仿佛光,正一点点遗弃
路边,木樨一次次摁住自己
落叶有着想要的怜悯
倚着废电动车
他端坐在水里,冷风掀动钢圈
砰砰作响

"他是唯一一个能拥铁取暖的人"
我低下眼睛,车窗蒙起水汽
闪电一次次探询,裂状的手
抚着所有相似的际遇
四处流浪,他不知道
另一种更坏的天气叫生活,漆黑的身体
经常生出铁一样的暗物质
我们抱紧。像这样的雨夜不取暖
肉身维持着铁的温度

《雨夜》

吴素贞

橱窗玻璃再一次阻隔了她
只有影子挤了进去。炽热的脚跟
带来比天幕更深的黑，
诉道暗说如雨道
仿佛光，正一点点退出
路边，并摒一次次想往自己
器皿有着想要怜悯的闪
随着底电动车
他端坐在那里，令风掀动刷圆
碎石平年响

"他是唯一个能抱铁取暖的人"
我低下眼睛，车窗蒙起水汽
闪电一次次探询，裂状而手
抚着所有相似的际遇
四处流浪，他不知道
另一种更坏而失充叫未活。漆黑的身体
好常生出铁一样的物质
我们抱紧。像这样的雨夜不取暖
肉身维持着铁的湿度。

2018. 5

J 先生求缺记

贾浅浅

贾浅浅(1979~),女,陕西丹凤人。2019 年参加《诗刊》社第三十五届"青春诗会"。作品散见于《诗刊》《作家》《十月》《钟山》《星星》《山花》等。出版诗集《第一百个夜晚》《行走的海》《椰子里的内陆湖》。荣获第二届陕西青年文学奖等奖项。入选 2019 名人堂年度十大诗人。

《废都》里的雪一直飘到了戊子年
飘到了 J 先生的书桌上
白茫茫一片。J 先生沉默许久
伸出手指在上面画字
龙安,未安

桃曲坡水库是一尊地母,她捏出了
庄之蝶,捏出了黑色的埙
捏出了稠密人群无边的巨浪
J 先生兴致勃勃探头往里张望,一个浪打来
他费尽全力,攀着 15 年的光阴
爬上了岸。手指上多了一颗陨石做的戒指

自此 J 先生加倍消遣沉默,他画
孤独之夜,画曹雪芹像
画守护他灵魂的候。看一场接一场的足球
在他的稿纸东南西北,重新栽满
六棵树

永松路的书房依然热闹
J 先生把自己变成沈从文,每日带午饭
看书、写作。老家的乡党依然把泼烦日子

稠糊汤一般，端到他眼前

和朋友打牌消遣还会为谁赢谁输，抓破手

写腻了"上善若水"，换一副"海风山谷"

自己依旧与众人递烟、倒茶

戊子年救了J先生。他心里明白

风再大，总有定的时候

《秦腔》换成了大红封面，戴盖头的新娘一般

出现在醒目的正堂

有人替J先生拍手叫好，他那有年头的脸上

看不出表情。待众人讪讪要走

他慢吞吞吐出一句话来

站在瀑布下，永远用碗接不了水

丁先生求铁记

《废都》里的雪一直飘到了戊子年
飘到了丁先生的书桌上
白茫茫一片。丁先生沉默许久
伸出手指在上面画字
龙安，未安

桃曲坡水库是一尊地母，她捏出了
庄之蝶。捏出了黑色的埂
捏出了稠密人群无边的巨浪
丁先生兴致勃勃探头往里张望，一个浪打来
他竭劲全力，攀着15年的光阴
爬上了岸。手指上多了一颗陨石做的戒指

自此丁先生加倍消遣沉默，他画
孤旅之夜，画瞥雪芹像
画守护他灵魂的候。看一场接一场的足球
在他的稿纸东南西北，重新栽满
六棵树木

永松路的书房依然热闹
丁先生把自己变成沈从文，每日常午饭
看书，写作，老家的乡觉依然把烦恼日子
稠粥胡汤一般，端到他面前。
和朋友打牌消遣 还会为谁赢 谁输，拍狠手
客厅藏了"上善若水"，候一幅"海见山谷"
自己依旧与众 逢火阁，倒茶

戊子年救了丁先生。他心里明白
风再大，总有定的时候。
《秦腔》候成了大江封面，常盖头的新娘一般
出现在瞩目的正堂。
有人替丁先生拍手叫好，他那有年头的脸上
看不出表情。待众人讪讪离去
他慢吞吞吐出一句话来：
立在瀑布下，永远用碗接不了水。

2019.2.18

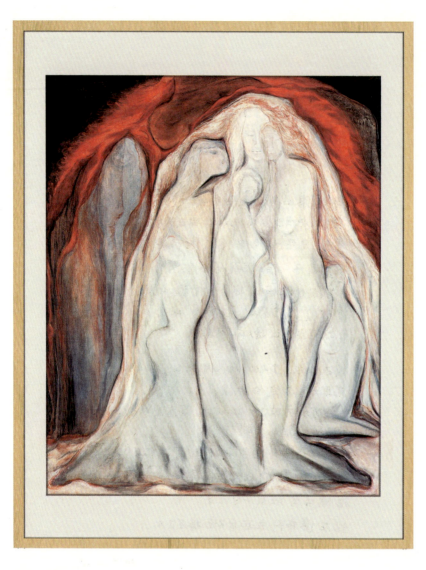

白月 《非小说》
布面油彩　60cm×50cm

苏笑嫣 《镜湖》
布面油画 50cm×70cm

像卡西莫多一样活着

徐 晓

徐晓（1992～ ），女，山东高密人。山东省作协签约作家。2019年参加《诗刊》社第三十五届"青春诗会"。著有长篇小说《爱上你几乎就幸福了》，诗集《幽居志》等。曾获第二届《人民文学》诗歌奖、第十六届华文青年诗人奖等奖项。

一场无法选择的降生，我自打从娘胎里
就把未曾谋面的美，给了你
把正常的面容，基本的思想，完整的肉身
全部给了你

把父母给了你，成了孤儿
把自由给了你，成了傀儡
此刻，我活着，气喘吁吁
准备一点一点、一厘一厘地
把所剩无几的光阴、良善和爱，也给你

为配合教堂顶楼的大钟按时响起
我把听力和声音给你
留下一个什么也说不出的干渴喉咙
为呼应大军攻城城欲摧的狂风暴雨
我把蹒跚的脚步、伛偻的驼背也给你

把人群眼中没有的光亮
心脏缺失的跳动、血液里流走的血红
都给你
给你给你给你——

最后只留下一点力气，足够我爬得动

几米的路程

当我抱紧爱斯梅拉达，抱紧雷霆

我这把丑陋的老骨头，也一并

给你——

像卡西莫多一样活着

徐晓

一场无法选择的降生，我自打从娘胎里
就把未曾谋面的美，给了你
把正常的面容，基本的思想，完整的肉身
全部给了你

把父母给了你，成了孤儿
把自由给了你，成了傀儡
此刻，我活着，气喘吁吁
准备一点一点、一厘一厘地
把所剩无几的光阴、良善和爱，也给你
为了配合教堂顶楼的大钟按时响起
我把听力和声音给你
留下一个什么也说不出的干渴喉咙
为呼应大军攻城城欲摧的狂风暴雨
我把蹒跚的脚步、佝偻的驼背也给你

把人群眼中没有的光亮
心脏缺失的跳动、血液里流走的血红
都给你
给你 给你 给你 ——

最后只剩下一点力气，足够我爬得动
几米的路程
当我抱紧爱斯梅拉达，抱紧雷霆
我这把丑陋的老骨头，也一并
给你 ——

含羞草

敬丹樱

敬丹樱(1979~)，女，四川人。2019年参加《诗刊》社第三十五届"青春诗会"、《人民文学》第三届"新浪潮"诗会。获第十七届华文青年诗人奖等奖项。出版诗集《槐树开始下雪》。

轻轻拿手指点一下
叶片便快速闭合，再点，下一枝也快速闭合
像是训练有素的表演
像是取悦
我越点越欢，所有叶子都蜷缩起来

想起《辛德勒的名单》
德国军官拿枪口指点着犹太区
穿红衣裳的小姑娘避开人群
闪身跑回居民楼，她跳进木箱"啪"一声
合上盖子
整套动作行云流水
多像是取悦
多像一枝训练有素的含羞草

我们都以为含羞草快速闭合叶子
是因为害羞

含羞草
　　　敬丹樱

轻轻拿手指点一下
叶片便快速闭合，再点、下一按也快速闭合
像是训练有素的表演
像是取悦
我越点越观，所有叶子都蜷缩起来

想起《辛德勒的名单》
德国军官拿枪口指点着犹太区
穿红衣裳的小姑娘避开人群
闪身跑回居民楼，她跳进木箱啪的一声合上盖子
整套动作行云流水
多像是取悦
多像一棵训练有素的含羞草

我们都以为含羞草快速闭合叶子
是因为害羞

359

少年游

黍不语

黍不语（1981~ ），女，
生于湖北潜江。2019
年参加《诗刊》社第
三十五届"青春诗会"。
著有诗集《少年游》
《从麦地里长出来》。
曾获《诗刊》社陈子
昂诗歌奖青年诗人奖、
《扬子江诗刊》年度青
年诗人奖、屈原文艺
奖、长江丛刊文学奖
等奖项。

十三岁时我在田埂上第一次
停下来
那么认真地抬头，看
像受着某种神秘指引
我指给嘻嘻哈哈的同伴们看
干净的，高远却又仿佛伸手可触的天空
天空中正变幻的白云
第一次感觉到，我们身处的茫茫世界
第一次，我们站在泥土上，没有想晚餐，
作业，农活，巴兮兮的土狗
甚至屋后角落的墙洞里，我们偷藏的一两
颗糖
我们都拼命地伸手
拼命地指，那些四面八方的白云
我们说那片云是我。那片云是我。那片云
是我……
突然之间
我们相互紧紧地拥抱，继而流下泪来
我们感到从未有过的热烈的荒凉
在十三岁的田野
第一次
看到了我们将要为之度过的一生

少年游

十三岁时我在田埂上第一次

停下来

那么认真地抬头，看

像是着某种神秘指引

我指给嘻嘻哈哈的同伴们看

于是乎，高远却又仿佛伸手可触的天空

天空中正飘动的白云

第一次察觉到，我们身处的莅位相异

第一次，我们站在泥土上，没有想晚餐、作业、农活、巴鸣鸣的土狗

甚至屋后角落里的墙洞，我们偷藏的一两瓶糖

我们都拼命地伸手

拼命地指，那些四面八方的白云

我们说那片云是我，那片云是我，那片云是我……

突然之间

我们相互紧紧地拥抱，继而流下泪来

我们察到从未有过的热烈的荒凉

在十三岁的田野

第一次

看到了我们将要为之度过的一生。

秦不语　　写于2017年.
抄于2020年6月.

梧桐畈

林 珊

林珊（1982~ ），女，江西赣州籍。中国作家协会会员，首师大驻校诗人。2019年参加《诗刊》社第三十五届"青春诗会"。出版诗集《好久不见》《小悲欢》。获第十七届华文青年诗人奖、第二届中国诗歌发现奖、2016江西年度诗人奖等奖项。

我不知道秋天的梧桐畈，还有多少梧桐
正站在路边，抖落荒芜的叶子
我不知道远逝的流水，执意拥抱过多少次
散落在原野的乡村
时间带给我们的，是浩瀚无垠的星空
和永无完结的露水
我们是荡漾在露水中的一群人
那么多的莲花，拥有永恒的孤独
那么多的人，从远方，迢迢地赶过来
我不知道这是不是，我们深爱过的秋天
吹拂人世的秋风，多么蓬勃
多么温柔
你看到我在人群中交谈，朗诵，走动
你看到夜晚带来一些迷雾
我们是走在迷雾中，手捧莲花
接受完满与破碎的那个人

梧桐叶

林珊

我不知道秋天的梧桐叶，还有多少梧桐
正站在路边，抖落苍茫的叶子
我不知道远处的流水，执意拥抱过多少次
散落原野的乡村
时间留给我们的，是浩瀚无垠的星空
和永无完结的露水
我们是倒映在露水中的一群人
那么多的莲花，拥有永恒的孤独
那么多的人，从远方，迢迢地赶过来
我不知道这是不是，我们深爱过的秋天
吹拂人世的秋风，多么温暖，多么遥动
你看到我在人群中交谈，朗诵，走动
你看到夜晚带来些迷雾
我们是走在迷雾中，手捧莲花
接受完满与破碎的
那个人

2020·6·23

堆雪人

陈小虾

一切都静下来了，回到生命之初的安宁
只有雪，下着
那么深而认真

一个人，在一望无际的白色世界里
堆雪人，一个接一个
堆远走的，堆逝去的，堆狠心的
让他们站成一排
朝着同一个方向
给他们安上眼睛，站在原地
看我的背影，看我的孤独，看我远去，在
一场雪里消融
无论如何，我不回头，就像当初他们离去
一样

陈小虾（1989~），女，生于福建福鼎。2013年开始诗歌创作。2020年参加《诗刊》社第三十六届"青春诗会"。作品发表于《人民文学》《诗刊》《诗潮》《诗探索》《福建文学》等刊物。曾获第三届诗探索·春泥诗歌奖。

堆雪人

陈小虾

一切都静下来了，回到生命之初的安宁
只有雪，下着
那么深，那么认真

一个人，在一望无际的白色世界里
堆雪人，一个接一个
堆远走的，堆逝去的，堆揪心的
让他们站成一排
朝着同一个方向
给他们安上眼睛，站在原地
看我的身影，看我的孤独，看我远去，在一场
   雪里消融
无论如何，我不回头，就像当初他们离去
   一样

写于2015年

初 见

琼瑛卓玛

琼瑛卓玛（1981～ ），女，原名王飞，河北籍。现就职于西藏民族大学。2020 年参加《诗刊》社第三十六届"青春诗会"。有少量诗歌发表于《诗刊》等诗歌刊物。

荼蘼花有绝望之美
在某个五月的清晨。你有——
盛大的凄凉，在山的侧面
挺拔，壮美。下一刻
就死去

我愿意提一提这样的回忆
在梅子镇，
你的眼睛漆黑如夜空
没错。漆黑的，某一个夜里
11 点钟，同那月光里的脸庞告别后
天下起了雨

初见
　　琼瑛卓玛

荼靡花有绝望之美
在某个五月的清晨。你有——
盛大的凄凉，在山的侧面
挺拔，壮美。下一刻
就死去

我愿意，提一提这样的回忆
在梅b镇，
你的眼睛漆黑如夜空
没错。漆黑的，某一个夜里
11点钟，同那月光里的脸庞告别后

天下起了雨

又一个春天（节选）

蒋 在

蒋在（1994~ ），女，
生于贵阳，现居北京。
中国作家协会会员。
2020年参加《诗刊》
社第三十六届"青春
诗会"。诗歌见于《人
民文学》《诗刊》等
刊物。小说见于《十
月》《钟山》《上海文
学》等。小说集《街
区那头》入选中国作
协"21世纪文学之星
丛书"。出版诗集《又
一个春天》。曾获《山
花》年度小说新人奖。

年轻时
因为一无所有
总在时间里等待
等待一个　又一个
热切的春天

所以看一切事物的时候
总觉得头顶上的城市很大
地上的这座城市很小
小得像风

一年又一年
不知不觉
木头中间的绿
随着声音
竟又长高了一寸

香味很近
等同
打开了一个春天

《又一个春天》

荒石

年轻时
因为一无所有
总在时间里等待
等待一个 又一个
热切的春天

所以看一切事物的时候
总觉得头顶上的城市很大
地上的这座城市很小
小得像风

一年又一年
不知不觉
木头中间的绿
随着声音
竟又长高了一寸

香味很近
等回
打开了一个春天

风暴燃灯者

苏笑嫣

苏笑嫣（1992~ ），女，蒙古族。中国作家协会会员。就读于北京师范大学与鲁迅文学院联办研究生班。2020年参加《诗刊》社第三十六届"青春诗会"。作品曾在《人民文学》《诗刊》《诗选刊》《诗歌月刊》《星星》《青年文学》《民族文学》等报刊发表。获第三届中国青年诗人奖、《诗选刊》中国年度先锋诗歌奖等奖项。出版诗集《时间附耳轻传》，长篇小说《外省娃娃》等著作九部。部分作品被译介至美国、日本、韩国、新西兰等国家。

突如其来的闪电抓紧房屋

雨点猛敲，如上半年密集的恐惧

这是星期四的夜晚，你从日记里

写过无数次的那条小路回家

更多的汽车仍在河流中回旋，如同

童年澡盆里的模型玩具。三楼窗外

银白色的大江在天空奔流

但窗内，空气恒定，几只黑色小虫

用力扒住灯罩，固有的抵御

每一场风雨都漫不经心

力量却足以使雨刷忙碌于摆动

这徒劳的反抗，多么令人疲惫

零落者困于潮头，被风暴的拍打所占据

其下生活的混凝土却仍然坚实

安全就是反复受潮

向时间递交不断续签的协议

还有多少债务需要偿还

还有多少未卜的裂隙需要售后处理

除了流水，什么都未曾远逝

房屋完整，牢固，钢筋贯穿如同脊椎

在你敲敲打打、生出锈迹的身体

你深知每一处灯光都是一处不幸

为永恒的风雨所冲刷
它们越过虚假而枯燥的社交辞令
有的脱落如怆然的细屑
有的皑皑，时刻准备着承受袭击

风暴瞭望者

苏不嫄

突如其来的闪电抓紧房屋
雨点短敲，如上半年密集的恐惧
这是星期四的夜晚，你从日记里
穿过无数次的那条小路回家
更多的汽车仍在河流中回转，如同
童年澡盆里的模型玩具。三楼窗外
银白色的大江在天空奔流
但窗内，宁静相反，几只黑色小虫
用力抓住灯罩，固有的抵御
每一场风雨都漫不经心
力量却足以使雨刷似砾子摆动
这徒劳的归拢，多么令人疲惫
零落者困于潮头，任风暴的拍打所长堤
其下生活的混凝土都仍难安定
安全就至于易受潮
同时间还签下不断读查的协议

还有多少债务需要偿还
还有多少未卜到裂陈需要信后处理
除了流水，什么都未曾运进
房屋完整，牢固，钢筋贯穿如同脊柱
在你敲敲打打，生出锈迹到身体
你深知每一处门先都是一处不幸
为永恒到风雨所冲刷
它们越过产假而枯燥到社交场合
有到脱落如指甲到细屑
有到锃锃，时刻准备着承受袭击

我们的船即将穿越海峡

朴 耳

朴耳（1987～ ），女，原名王前。祖籍江苏，现居北京。2020年参加《诗刊》社第三十六届"青春诗会"。作品散见于《人民文学》《诗刊》《解放军文艺》等。出版诗集《云头雨》。

行至海峡细长的瓶颈处
沿途，皆是墨蓝的创伤
一艘船静静地漂远
像海的另一只耳朵，失去听觉
我们挥手，打出耳蜗中极速旋转的信号
那艘船停在海平线上
我们看见海豚和散落的岛屿
原来海的影子浮在水面上
比它自身小那么多

于是得到安慰：
我们还可以湛蓝
可以腾空
可以不用收缩影子

我们的船即将穿越海峡

朴耳

行至海峡 细长 的瓶颈处
沿途,皆是墨蓝的创伤
一艘船静静地谭远
像海的另一只耳朵,失去听觉
我们挥手,打出耳蜗中极速旋转的信号
那艘船停在海平线上
我们看见海豚和散落的岛屿
原来海的影子浮在水面上
比它自身小 那么多

于是得到安慰:
我们还可以遗蓝
可以腾空
可以不用收缩影子

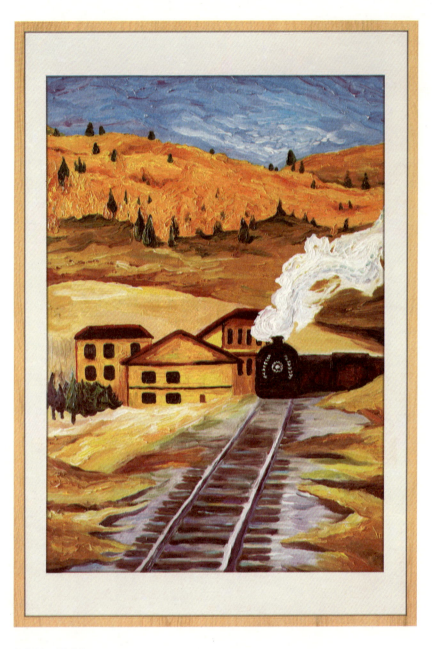

苏笑嫣 《暮归》
布面油画 50cm×70cm

苏笑嫣　《星空》
水粉画　40cm×55cm

湄公河日落

杨碧薇

杨碧薇(1988~),女,
云南昭通人。中国作
家协会会员、中国文
艺评论家协会会员。
毕业于中央民族大
学,获文学博士学位。
2018—2020年在北京
大学从事艺术学博士
后科研工作,现任教
于鲁迅文学院。2021
年参加《诗刊》社第
三十七届"青春诗会"。
出版诗集《坐在对面
的爱情》《下南洋》散
文集《华服》、学术批
评集《碧漪或南红:诗
与艺术的互阐》。有诗
作被译为英语、法语、
日语、韩语、西班牙
语、阿拉伯语等语言
并刊登于海外。

竟忘了为何来到这里——
须臾间,我已被空无填满,臣服于
天空的盛宴。
那么多河流,那么多痴梦,
为何我一眼认领的是湄公河?
它在万象和廊开之间涌动,
在我的血液里取消了时空。

多滚烫啊,短暂的夕阳,
你在地球的银幕上播放壮丽的影像。
你带着被万物辜负的金箔隐入太平洋。

湄公河日落

杨碧薇

竟忘了为何来到这里——
须史间，我已被空无填满，匝服于
天空的盛宴。
那么多河流，那么多痴梦，
为何我一眼认领的是湄公河.
它在万象和廊开之间涌动，
在我的血液里取消了时空.

多滚烫啊. 短暂的夕阳。
你在地球的银幕上播放壮丽的影像。
你带着被万物奉贞的金箔隐入太平洋。

星星的母亲

贺予飞

贺予飞（1989~ ），女，湖南宁乡人。博士，大学教师。2021年参加《诗刊》社第三十七届"青春诗会"。作品散见于《诗刊》《星星》《中国诗歌》《草堂》等刊物，入选《诗收获》《中国青年诗人作品选》《中国诗歌年度诗歌精选》等选本。出版诗集《星星的母亲》。

在浏阳河边，我带着四岁的孩子散步
他扮演一只风娃娃
跑在我前面
看着他在远处挥动着小手臂呼唤我
我快步追上，他指向远处
"那边有颗星星受伤了，
它的妈妈呢？"
顺着方向，我看到一颗星星
孤单地挂在桥上

也许每个人一生中都有神圣的时刻
挤在长河似的人群里，我居然想扮演
一颗星星的母亲

星星的母亲

贺予飞

在浏阳河边，我带着四岁的孩子散步
他扮演一只风娃娃
跑在我前面
看着他在远处挥动着小手臂呼唤我
我快步追上，他指向远处
"那边有颗星星受伤了，
它的妈妈呢？"
顺着方向，我看到一颗星星
孤单地挂在桥上

也许每个人一生中都有神圣的时刻
挤在长河似的人群里，我居然想扮演
一颗星星的母亲

记江滨公园一次漫长的散步

叶燕兰

叶燕兰 (1987~)，女，福建泉州人。福建省作家协会会员。2021年参加《诗刊》社第三十七届"青春诗会"。作品曾在《诗刊》《星星》《草原》《江南诗》《福建文学》《诗潮》等刊物发表。出版诗集《爱与愧疚》。

晚风轻拂，江水静静流淌

一开始我是别人的女儿
像眼前哭闹追逐的孩子，那么天真

接着我是别人的恋人
比草丛中陷入了盲目爱情的野花
更加深情

后来我是别人的母亲
听见某处枝叶间传来的召唤性蝉鸣
也能引发内心的交响，与轻微震颤

到最后……渐渐再无人和我擦肩而过
茫茫夜色中
我感到自己微凉、赤裸。羞愧得近乎
还未拥有任何故事的少年
一瞬间
几乎就要放弃所有形容词，低促地喊出
——我爱你。

夏日晚风一遍遍吹拂，仿佛在替你
江中流水静静地涌动，仿佛是为我

记江滨公园一次漫长的散步
　　叶题岑

晚风轻拂，江水静静流淌

一开始我是别人的女儿
像眼前哭闹追逐的孩子，那么天真

接着我是别人的恋人
比草丛中陷入了盲目爱情的野花
更加深情

后来我是别人的母亲
听见某处枝叶间传来的召唤性蝉鸣
也能引发内心的交响，与轻微震颤

到最后……渐渐再无人和我擦肩而过
茫茫夜色中
我感到自己微凉、赤裸。羞愧得近乎
还未拥有任何故事的少年
一瞬间
几乎想要放弃所有形容词，低促地喊出
——我爱你。

夏日晚风一遍遍吹拂，仿佛在替你
江中流水静静地涌动，仿佛是为我

383

秋光里

康宇辰

康宇辰(1991~)，女，四川成都人。毕业于北京大学中文系，博士。现任教于四川大学文学与新闻学院。在研究中国现当代文学以外，还从事当代诗写作与批评。2021年参加《诗刊》社第三十七届"青春诗会"。作品发表于《诗刊》《钟山》《星星》《草堂》《上海文学》等刊物。2018年曾获复旦大学"光华诗歌奖"。出版诗集《春的怀抱》。

到满眼秋光的城市找一个地方，
愉快的地方，闭上眼就能忘记生平的
地方。女孩们在星巴克里聊闲天，
说到华西医院的产护女生介绍给谁，
你略略了解成都种种鄙视链顶端。

一个新老师，有生活的决绝与热，
有九十年代生人的盛年元气，她在
芙蓉树的花枝下构思一些断舍离。
人间的草木都有自己的时候，我却飘
荡在宇宙的浓荫下，演了四大皆空。

到满眼秋光的宇宙找一个地方，
美丽的永恒的地方，去履行人生的
经营。然而她惊起、回头，纵使有恨
也是不适宜倾吐的。人潮在地铁站
涌上来时，她只沉底做了愁绪的盈余。

秋光里

康宇辰

到满眼秋光的城市找一个地方,
愉快的地方,闭上眼就能忘记生平的
地方。女孩们在星巴克里聊闲天,
说到华西医院的产护女生介绍给谁,
你略之了解成都种之鄙视链顶端。

一个新老师,有生活的决绝与热,
有九十年代生人的盛年元气,她在
芙蓉树的花枝下构思一些断舍离。
人间的草木都有自己的时候,我却飘
荡在宇宙的波澜下,演了四大皆空。

到满眼秋光的宇宙找一个地方,
美丽的永恒的地方,去履行人生的
经营。然而她惊起、回头、纵使有恨
也是不适宜倾吐的。人潮在地铁站
涌上来时,她又沉底做了愁绪的囚徒。

2020

385

今日之光

张 琳

张琳（1989~ ），女，山西文学院签约作家。2021年参加《诗刊》社第三十七届"青春诗会"。曾获《扬子江诗刊》青年诗人奖。出版诗集《纸蝴蝶》《人间这么美》《万物宁静》。

这光芒……
何止万丈

多少年了，我每天走在上面
去上班
去赴会
去踏青

竟然没有
磨损掉一丝一毫

它们新鲜如初的模样
加速着我的衰老……

今日之光

张诗林

这光芒……
何止万丈

多少年了，我每天走在上面
去上班
去赴会
去踏青

竟然没有
磨损掉一丝一毫

它们新鲜如初的模样
加速着我的衰老

出 神

王 冬

王冬(1995～)，女，
贵州安顺人。文艺学
研究生在读，写诗，
兼事翻译与文学批评。
曾参加《中国诗歌》第
八届新发现诗歌营，
2021年参加《诗刊》
社第三十七届"青春
诗会"。作品散见于
《诗刊》《十月》《作品》
《诗歌月刊》等刊物。
著有诗集《雾中所见》。

我在深夜的梦里发愁，流星飞过
狭窄的红色楼梯，十层，不断碰头。
黑长廊尽头，一个红色身影开口
她要结束我这半月来的犹疑，惊恐
我逃避，快步走开，在漆黑校园
行政南楼门前，栀子开得稠密
不摘下，也会凋谢，我将它
带回，连同含苞的部分，挺立时刻
只短暂一夜，如野花离开高山
失去它的空气与土壤，渐渐低头。
这致命的拥有，男孩们的爱意
无一人为我分担，我出神时跌倒
从前的言语，化为矛盾的行动
听从内心，属于身体，而我
丧失理性？他看不到我的诚意。
我热爱的夏天来了，它带给我
树荫般，凉爽的夜晚。将汗水洗掉
用不断的水洗掉，洗我紧闭身体。

出神

我在净灰的梦里失眠，浪花飞过
吱吱的红色探样，十点，敲碰头。
黑长 都尽头，一个红色身影开口
如是说来我心平月来的犹疑，惊恐
我逃避，快步走开，在漆黑校园
行政办楼门前，栀子开得稠密
不断下，快会用语，我将它
摔回，连同含苞的部分，接全时到
久延智一变，如野花离开高山
失去它的它在今土壤，渐渐低头。
生取命的拥有，男挂们的身亲
天一人岁我分担，我出神时跌倒
从前的言任，化岁矛盾的行动
所从仍么，属于身体，而我
表失雄性？他看不到我的诚意。
我想爱的真天来了，它带给我
树荫般，凉爽的夏晚。将汗水注棒
用不断的水注棒，洗我累闭身体。

送新娘

闫 今

闫今（1995~ ），女，
生于安徽宿州，现居
合肥。2021年参加
《诗刊》社第三十七
届"青春诗会"。有作
品发表于《诗歌月刊》
《诗刊》《人民文学》
《清明》《汉诗》《星星》
等刊物。出版诗集
《暖沙》。

长着红斑的食指压在嗜睡症患者的眼皮上，
在睡眠中擦动
夏日之日，烧炭的食指管道。某只鹊鸲飞
向林中，勒紧
它自己的缰绳。一团瞬息，铁索。圆整的
烙石般流动
珍珠手镯把刚发嫁的新娘揽在胸前，"戴
着吧，正合适。"
褐眼鹊鸲飞向林中，两架掘土机在水塘边
运作。膨胀，
野风颠颠簸簸地吹奏，幕后舵手驱动婚车
驶入巨兽的吼声

送新娘

长着……后的食指……唱醒……眼皮上，在……眼……中摆动……娥……的食指尝尝。……耸动……自己的绳……一团蜂窝，决意。圆……的……脱了……珠手绢……羞吧……"
……长的村中，如掌握……在……作。……颠颠……地……喜，……的姑娘……之声。

心动不如行动

编完《舞动青春——"青春诗会"女诗人手稿集》，心头一块重石总算落了地，也兑现了自己当初的承诺，给帮助与支持过我的"青春诗会"女诗人们做了一件有意义的事情。

自受马加主席和少君主编委托，编辑《致青春——"青春诗会"四十年》(八卷本) 近一年的时间，酸甜苦辣，杂味其陈。这是我从事出版发行行业近四十年所面临的史无前例的一次挑战。有赖于作协领导和先父朋友们的提携、"青春诗会"诗人们的相助、家人的理解与支持，这项工程终得以完成，这也是我人生的高光时刻。至此，我可以告慰先父王燕生及那些为创办和发展"青春诗会"呕心沥血的老一辈诗人和编辑家。

女性诗歌是当代中国诗坛一道亮丽的风景线，"青春诗会"自1980年创办以来，女诗人们就以自己独特的文风和对人生细腻的感悟，成为中国诗坛的有生力量。"青春诗会"参会诗人中，女诗人占比达四分之一。舒婷、王小妮、伊蕾、张烨、翟永明、海男、林雪、蓝蓝、荣荣、娜夜、池凌云等成为其中的优秀代表。女诗人们为我们伟大的祖国、伟大的时代而倾情放歌。

这本《舞动青春——"青春诗会"女诗人手稿集》先是在《致青春——"青春诗会"四十年》(八卷本) 的基础上选取了 135 位女诗人的诗歌手稿作品，后经李少君主编点拨，加进了参加 2021 年第三十七届

"青春诗会"的7位女诗人，最终入选本书的女诗人共计142人。

为增强本书的整体美观效果，我分别延请海男、程小蓓、童蔚、刘季、安琪、赵丽华、宋晓杰、阿毛、娜仁琪琪格、李小洛、金铃子、王妍丁、刘畅、花语、杨晓芸、唐小米、苏笑嫣17位女诗人提供了自己得意的绘画作品配插在书中，如此一来，更让本书熠熠生辉。

书中部分手稿作品系作者根据记忆抄录。由于年代久远，难免与原作存在文字出入。因此书中诗作文字与手稿内容不完全一致，特此说明。

谨向142位女诗人表达我的敬意！尤其向提供绘画作品的17位女诗人致敬！

"青春诗会"万岁！

王晓笛识于北京和平里半半斋

2022年3月8日